LES CONDITIONS IDÉALES

MOKHTAR AMOUDI

LES CONDITIONS IDÉALES

roman

nrf

GALLIMARD

À ma mère, à Saad et à ma propriétaire

Plus ne suis ce que j'ai été
Et ne le saurais jamais être.
Mon beau printemps et mon été
Ont fait le saut par la fenêtre.
Amour, tu as été mon maître
Je t'ai servi sur tous les Dieux.
Ah si je pouvais deux fois naître
Comme je te servirais mieux !

CLÉMENT MAROT,
De soi-même

J'avais rien demandé. Entré à l'hôpital de Clamart pour des points de suture, on m'y gardait désormais en captivité. J'étais prisonnier. On me cherchait une maladie dans la tête ; j'avais les symptômes. « Pourquoi t'es-tu jeté dans le vide ? Même d'un mètre ? Ç'aurait pu être très grave », me sermonna le médecin qui m'avait recousu. Je ne répondis rien, espérant qu'une assistante sociale vienne me libérer. Mais elle ne venait pas.

Le médecin me força à parler. Comme j'en avais marre, j'ai avoué : « Le cauchemar, il veut me tuer ! » C'était mon vingtième cette année. Assis sur le lit avec mon pansement au front, j'ai raconté ces nuits où l'apocalypse arrivait toujours, me courant après, lâchant ses tonnes d'acier tombées du ciel. Avant de mourir écrasé, je hurlais et me réveillais. Puis j'avais des migraines explosives.

Il voulait tout savoir le docteur, même l'ami imaginaire, celui à qui je parlais dans ma chambre. Pourtant j'avais été discret ; pas assez. Il paraît qu'une infirmière m'avait vu agiter les bras dans tous les sens, criant : « Pourquoi tu as fait ça ? Arrête ! Tu comprends rien ! Ne recommence pas ! »

Le médecin en voulait encore, il me regardait toujours. Alors j'ai dit : « J'aime pas vivre, j'ai voulu casser ma tête. » C'était là ma première émotion non scolaire. Je m'étais persuadé ; j'étais mauvais et inutile à tous puisqu'en temps de paix on n'abandonne pas son enfant. On m'avait maudit à la naissance.

Je vivais une aventure étrange, celle de l'ASE, l'Aide sociale à l'enfance. On m'y avait mis à un an ou peut-être deux. Je n'ai jamais pu le cacher, c'était notoire. On se fait remarquer rapidement quand d'autres personnes que vos parents s'occupent de vous. D'ailleurs j'avais jamais dit maman ou papa. Seulement Tatie, ainsi que j'appelais Nicole, ma nourrice, dont la grande fille Delphine n'était pas non plus ma vraie sœur. Pas plus que Jessica, ma sœur d'abandon, elle aussi placée. On avait dû en avoir marre de nous comme lorsqu'on se rend au magasin pour le remboursement d'un objet dont on ne veut plus.

Dans le long immeuble blanc et rose où l'on habitait, on était quand même heureux même si Tatie Nicole craignait que j'aille dans le quartier, celui qui commençait juste derrière notre bâtiment. Elle disait qu'il était rempli de voyous. « Skander, je t'interdis d'y aller ! Jamais ! T'y apprendras que de mauvaises choses et tu finiras abruti comme eux ! » Chaque matin, elle me le répétait.

Madame Davert, mon assistante sociale, ange gardien chargé de me rendre la vie agréable, venait me voir plus souvent depuis l'hôpital. Pour ne pas l'inquiéter, j'ai repris ce que j'aimais le plus, la lecture du dictionnaire. C'était la Bible. Dans le Larousse, on trouvait le monde entier expliqué. Il y avait ces locutions latines au sens caché mais toujours défini. Et surtout les noms propres.

Je me demandais ce qu'il fallait faire pour en être. Ça m'impressionnait que l'on parle de gens ayant vécu il y a si longtemps. Les empereurs, les scientifiques, les sportifs. Et les pays aussi. On pouvait aller jusqu'à la cordillère des Andes ou en Mongolie. À chaque début d'année je mangeais mes livres pour tout savoir. Moi, j'aimais le voyage.

Quand je ramenais mes bonnes notes, Jessica s'enfuyait dans la chambre, effrayée par mon niveau, loin du sien. Elle préférait les majorettes et les groupes de chanteurs à la mode qui rendaient les filles hystériques et dont les posters tapissaient notre chambre. Je les regardais avec l'envie de leur ressembler, discrètement, c'étaient des hommes. Pour oublier qu'ils me plaisaient bien, je sentais les culottes des filles de la maison.

On a voulu me faire découvrir la vie, la vraie ; celle de la télévision. Pour m'adapter et me faire des amis à l'école, je regardais des programmes, une heure chaque jour. C'était passionnant, surtout Highlander, celui qui égorgeait ses ennemis, mon moment préféré c'était celui où l'on entendait le slogan : « Il n'en restera qu'un. »

On trouve toujours pire. Je l'ai compris rapidement, aux sorties de la vallée de Chevreuse, là où la nature est verdoyante et les orties piquantes. Au moment de déjeuner, les grandes injustices arrivaient, méchantes et publiques. En guise de boîte à pique-nique, certains parents sortaient des sacs plastique bleu et rose dans lesquels marinaient des bananes trop mûres et de vilains sandwichs. Alors, les parents des Français dont le panier en osier regorgeait de denrées appétissantes ne pouvaient faire autre chose que d'en proposer aux enfants arabes et noirs, qui avaient la haine permanente contre leurs repas et leurs parents pauvres. Doudou par exemple, je ne l'ai connu qu'avec des sacs en plastique. On avait bien tenté de l'aider en lui détournant des paquets de riz destinés à la Somalie, mais c'était vain, il restait toujours aussi maigre.

Nicole, elle, nous faisait les bonnes courses. J'avais de la chance. Le temps que ma mère arrive dans l'histoire, elle s'occupait bien de moi. Parce que j'en avais une de mère, Nicole me l'avait confirmé, même si elle oubliait de venir. Mais ça s'est fait, un jour elle arriva, à taille humaine avec des cheveux bruns, longs et bouclés. Elle semblait m'aimer plus que tout au monde et m'avait acheté plein de choses. Elle revint plusieurs fois, m'emmenant dans son RER et son métro, pour aller à Paris chez Mabrouk, un ouvrier-peintre plus vieux qu'elle. Ce n'était pas mon père.

On y dormait très mal dans son studio de fond d'impasse, moi sur un lit de camp, eux sur un matelas tombant d'une armoire beige. Les deux se hurlaient souvent dessus, je n'aimais pas, à cause de la tête de Mabrouk qui faisait des grimaces et dont le poireau nasal enflait. Dans tous ses états, il était moche. Quand elle en avait marre de le voir, on déménageait dans la chambre d'un hôtel-bar de la rue Oberkampf. Je devais la laisser seule parfois. « Je vais faire mes affaires, va en bas, va voir mes amis », disait-elle. Ses Arabes me payaient là des lait-grenadine et des parties de flipper. Mais comme Mabrouk, ils buvaient beaucoup de bières et à toute heure. Alors, ils devenaient étranges et discrètement, je filais en expédition pour tenter de découvrir les merveilles du monde du dictionnaire. Mais ça ne va jamais loin, le vrai monde. Au lieu de trouver César, j'entrais dans un bazar pakistanais qui vendait de petits couteaux et des ventilateurs mécaniques. Je m'arrêtais toujours avant le boulevard.

Parfois, je tombais sur des jeunes d'une ruelle qui m'ouvraient la porte de leur immeuble, une plate-forme, comme une oasis. Et sans que je les connaisse, nous jouions au football jusqu'à ce que la nuit tombe. Ces étranges weekends se finissaient toujours de la même manière. À la gare, ma mère me faisait promettre de ne rien répéter puis me mettait un billet dans la poche. Elle ne pouvait rien me refuser, je l'ai vite senti.

Cet argent me causa des problèmes. Je l'avais montré à Jessica, elle me balança à Tatie Nicole qui demanda à ma mère de ne pas m'habituer à ce vice qui commençait à me plaire. Je me suis vengé bien sûr, à ma manière, en ramenant des notes maximales de l'école. « J'ai vu tes bulletins ! T'es trop nulle à l'école. Comment ça se fait ? » je disais à Jessica pour la pousser à bout. S'ensuivaient des bagarres où je perdais tout le temps. Malgré cela, elle venait me défendre lorsqu'on me frappait dans la cour de l'école parce que je parlais trop. Une professeure de sport m'avait même poussé fort contre un radiateur. Mais je ne l'ai jamais dit, ça m'aurait fait d'autres problèmes.

L'époque fut douce jusqu'à mon retour de Vendée. Au camping, avec mes copains éphémères, on apprenait la vie aux grenouilles, appuyant sur leur glotte pour qu'elles recrachent leur estomac. On se frottait parfois, on s'aimait bien entre garçons. On visita aussi une église, chez Jésus. Les gens le priaient tristement mais je m'y sentais bien, ça apaisait mes cauchemars, ravivés par l'histoire de la dame blanche. J'avais demandé qu'on y retourne. Mais mon prénom posait problème, il n'était pas fait pour Jésus, pour nulle part d'ailleurs. Je ne le trouvais ni dans le calendrier, ni à la boutique de souvenirs où je l'avais cherché sur les bols et les porte-clés. La vendeuse en était certaine, ils ne m'avaient pas.

Après la colonie, j'ai cherché Nicole, en vain. Le cancer l'avait eue. Jessica devint mutique et le chagrin de Delphine, une montagne infranchissable. Moi je ne compris que plus tard, au cimetière.

Plutôt que de pleurer, j'ai dû me concentrer sur mes problèmes. Delphine, toujours aussi triste, m'emmena chez Madame Aymée, la pédiatre, aussi douce que Madame

Davert. Souvent je rêvais qu'elles soient mes mères. « Mon petit Skander, il paraît que tu excelles à l'école, c'est très bien. Tu vas devenir quelqu'un, j'en suis sûre, me félicita-t-elle.

— Vous pensez ? J'ai fait un exposé hier sur les Pays-Bas ! Vous savez qu'ils ont inventé la Bourse grâce à leurs tulipes ?

— Ah mais tu m'apprends quelque chose ! Je suis fière de toi ! Déshabille-toi, s'il te plaît, je vais t'ausculter. »

Bien sûr, j'étais content qu'elle me touche mais je sentais venir d'autres choses et me demandais pourquoi elle passait de la Hollande à ma nudité.

« C'est un petit test de routine, tout va bien se passer !

— Mais, Madame Aymée, je vais bien, je parle plus à mon double ! Je suis pas fou ! Je vous jure. »

Je me suis exécuté mais dès le lendemain, Delphine, au lieu de me ramener à l'école, me fit monter dans la voiture sans mon cartable et, sans dire un mot, elle prit le chemin de la clinique. « Je veux pas voir les médecins ! » hurlai-je. Elle freina d'un coup sec. J'en profitai pour ouvrir la porte avec l'espoir de récupérer mon sac à dos rempli d'affaires. Depuis le temps que je rêvais de fuir... J'irais dans une église ou chez ma mère. Delphine me courut après : « Skander ! Skander ! Attention aux voitures ! Reviens ! » À l'évidence, je ne me sortirais pas de ce piège et pris donc le parti de la collaboration médicale.

On m'enfila un pyjama d'hôpital avant de m'installer sur un lit. L'anesthésie m'éteignit et au réveil je demandai Delphine. « Elle arrive, Skander, elle arrive, me dit Madame Aymée.

— Je veux la voir ! » criais-je en tentant de me lever. Là, une douleur surgit au milieu de mon corps. J'allai pour vérifier, un médecin m'en empêcha. Ma pédiatre lui intima de m'expliquer ce qu'on m'avait fait. « Jeune homme, voilà, c'est fait, regardez. La circoncision s'est bien déroulée », dit-il en enlevant le drap qui me recouvrait. À l'endroit de mon sexe était collé un pansement taché de sang. Le docteur l'ôta et je vis mon zizi tout bleu et recouvert de points de suture. « Pourquoi vous m'avez fait ça ? Vous m'aimez pas ? » Madame Aymée répétait : « Pauvre enfant, je suis désolée. » En touchant ce qu'il me restait au pubis, je tombai dans les pommes.

Delphine à qui je demandai des comptes m'expliqua que la circoncision arabe était une idée de ma mère. Elle avait des droits sur moi, l'autorité parentale, depuis le décès de Tatie Nicole.

Cette histoire d'autorité parentale, je ne cessais d'en découvrir les charmes. Le week-end suivant ma convalescence, j'étais chez ma mère, à son hôtel. Elle avait quitté Mabrouk qui essayait de revenir. Par la fenêtre de la chambre, j'ai reconnu sa voix, puis des insultes en arabe, beaucoup de bruit et lui, coursé comme un fugitif par les amis de ma mère.

Durant la nuit, ma plaie génitale m'irrita et ma mère tenta de me consoler. Au matin, lorsque je rencontrai mes camarades de l'immeuble d'Oberkampf, l'un d'eux me demanda : « T'as quoi dans la main, Skander ? On dirait du caca orange ! » Il avait raison, en l'ouvrant j'ai vu une tache qui recouvrait entièrement ma paume. « Je sais pas ! Je suis malade ! Faut que j'aille encore à l'hôpital ! » Pour être sûr, j'ai foncé au bar et montré ma main aux hommes du comptoir qui rigolaient. « Mais c'est rien, c'est du henné, t'es un Arabe, c'est normal ! me dit l'un.

— Mais oui, me dit ma mère, c'est rien mon fils, c'est rien. »

Devant ces réponses qui n'en étaient pas, j'ai filé aux toilettes où un homme attendait. Je montrai encore ma paume : « Vous pouvez m'aider ? J'ai de la merde dans la main ! » Il m'offrit un sourire rempli de trous noirs et tenta de me consoler : « Pourquoi ? On n'enlève pas le henné ! C'est ta fête ! Tu es beau comme ça ! » La porte des toilettes s'ouvrit enfin, un homme en sortit, une femme s'y trouvait et mon interlocuteur entra. Comme il ne sortait pas, j'ai tapé à la porte, pressé de plonger ma main dans la chasse d'eau. Ça ne lui a pas plu du tout que je les embête. Il sortit, son pantalon baissé, la face haineuse, plus du tout la fête. « Ferme ta gueule ! Allez, casse-toi ! » Il me donna alors un coup de pied au cul qui résonna dans ma plaie. Mon cri réveilla le bar et j'entendis de la casse, puis vis débouler ma mère, transformée, tenant une bouteille de bière. « Tu touches encore à mon fils, je viens et je t'égorge, toi et ta pute ! Tu seras pas le premier ! Demande-leur si je l'ai pas déjà fait ! Demande, sale chien ! » L'homme ne dit rien et s'enferma avec la fille pendant que d'autres essayaient de calmer ma mère.

« J'ai pas envie de devenir comme tes amis du bar.

— Mais ils me donnent de l'argent et ils sont gentils avec toi ! »

À mon retour, Delphine refusa de passer ma main à l'eau de Javel, dont je connaissais les miracles pour tout blanchir. Le lundi, à l'école, je l'avais encore ce henné qui fêtait ma circoncision.

Toute ma classe fut mise au courant à cause d'une professeure qui avait eu la langue bien pendue. Elle m'avait pris à part en début de cours, me demandant comment j'allais. « C'est pas vos affaires ! » dis-je avec une haine que je ne me connaissais pas.

Quand on a été abandonné une fois, on se dit que ça ne pourra plus arriver, que jamais on ne se permettra de vous la refaire. Mais un adulte, c'est capable de tout.

À la fin de la primaire, juste avant d'entrer au collège pour lequel j'avais de grandes ambitions, on mangeait dans la cuisine. Depuis des mois Delphine ne disait plus rien, toujours plus mutique, dévastée par le décès de Tatie Nicole. Tandis que je m'amusais à gober une seconde glace, les lèvres dégoulinantes de vanille fondue, elle nous annonça la nouvelle ; elle se débarrassait de nous, on devait partir. Jessica devint jaune, puis verte.

Delphine n'en pouvait plus ; de sa mère qui ne reviendrait pas et de nous qui l'empêchions de vivre sa vie. Même nous déposer à l'école le matin devenait difficile.

Alors on a comploté pour continuer l'aventure. Jessica y croyait : « On peut faire de la place dans notre chambre, comme ça si on a encore un frère il aura son lit. » Elle proposa même de dormir sur le canapé ou d'aller en demi-pension pour ne pas se faire placer ailleurs. Mais notre vie appartenait aux autres et le départ était inéluctable.

Nous avons passé, chacun de notre côté, une bonne partie de l'été à visiter des familles et des foyers voulant bien nous accueillir pour le reste de notre vie. Un chauffeur de l'assistance venait me chercher deux fois par semaine pour que j'aille constater la maison d'autrui. C'était la première fois qu'on me désirait autant.

Madame Davert me présentait sous mon meilleur jour ; sans cauchemars, ni ami imaginaire. J'ai pas tenté de dire la vérité, content d'entendre ma présentation. Je les laissais ensuite discuter des modalités, allant inspecter ma future chambre, les jouets et les livres.

La famille Hubert m'attirait, je dois dire. Non en raison de ses qualités humaines, mais d'abord parce qu'elle était française ; j'avais refusé les familles africaines. Et j'aimais déjà leurs deux filles, magnifiques. Elles me firent oublier Delphine et Jessica.

Ma mère refusa cependant les Hubert, qui habitaient dans la lointaine campagne francilienne. Madame Davert, paniquée par l'urgence et encore plus pressée de partir en vacances, nous fit comprendre que le temps allait trop vite et qu'il fallait que ma mère se décide. On a donc pris la famille suivante. J'avais pas du tout choisi la maison de Madame Khadija, mais c'est là que j'allais échouer.

Il a fallu formaliser ces histoires importantes au tribunal pour enfants de Saint-Michel. Le chauffeur nous y déposa avec Madame Davert. Face à l'entrée du tribunal se tenait une chapelle catholique. « On va prier, Madame Davert ! Allez, venez, on va prier Jésus. S'il vous plaît. » J'ai supplié. « Le juge nous attend, tu feras ça une autre fois. » Là encore, je perdis la négociation.

Madame Davert était très à l'aise dans ce méandre de couloirs, de voûtes et de gargouilles. Avec un peu d'avance nous avons monté les étages puis nous sommes assis sur un banc en bois inconfortable. Je regardais les vitraux de la fenêtre condamnée du couloir, louchant parfois du coin de l'œil vers le banc voisin où un adolescent entouré de gendarmes me faisait peur. Il était crasseux et à coup sûr avait fait de mauvaises choses, il avait des menottes. « C'est un voyou ? » demandai-je à Madame Davert. Avant qu'elle me réponde, il m'insulta et voulut me mettre un coup de pied. Heureusement, les gendarmes le saisirent et l'étouffèrent. Plus il m'insultait et plus ils l'étouffaient.

Puis ma mère est arrivée, en retard, accompagnée d'un homme content de me rencontrer. J'ai dit : « Merci, Monsieur », et nous sommes entrés chez le juge. Son bureau était bien beau, il faisait au moins trois mètres, écrasé de papiers, de dossiers colorés par dizaines. Et aussi des stylos et des coupe-papier à manche doré. Dans un coin se trouvait un autre homme qui ne nous salua pas. Celui qui était venu avec ma mère, j'ai d'abord cru que c'était un nouveau Mabrouk. Il s'appelait en fait Monsieur Guénard, et c'était son tuteur, en quelque sorte sa Madame Davert.

« Nous allons commencer. Je me présente, Philippe Steinmetz, président du tribunal pour enfants de Paris. Nous sommes ici pour régler votre situation, Skander. À titre liminaire, je tenais à rappeler que ce n'est jamais une situation agréable et nous allons tout faire pour que vous continuiez à vous développer dans les meilleures conditions. Madame Davert m'a transmis vos bulletins scolaires, ils sont excellents. Notre priorité est que vous persistiez dans cette voie. Qu'est-ce que vous voulez faire plus tard ? »

J'ai parlé de ma passion pour les pierres précieuses. Une amie de la primaire dont la grand-mère était sicilienne avait apporté à l'école un coffret de roches de l'Etna.

« J'aimerais bien chercher des pierres dans la nature. Et puis le dictionnaire, ça, j'adore. Mais je finirai pas comme le voyou dans le couloir.

— Il est très curieux, comme vous pouvez le constater, dit Madame Davert.

— J'espère que vous êtes fière de lui, dit le juge à ma mère. Il ira loin ! »

Elle se contenta d'un sourire.

« Vous avez choisi de le placer à Courseine. Pourquoi ce choix ?

— Cette solution s'est imposée pour des raisons évidentes de commodité.

— Mais encore ?

— Sa mère voulait qu'il soit près de chez elle pour faciliter ses venues du week-end.

— Vous vous souciez de votre fils désormais ? Enfin une bonne nouvelle !

— Oui, Monsieur le juge, dit ma mère. J'ai pas plus important que lui dans ma vie. C'est mon trésor. Sans lui, je ne sais pas ce que je ferais.

— Rassurez-moi, vous ne feriez pas pire ? Bref, passons. Je vois que Madame Khadija est en voie d'acquisition de son agrément. Vous ne croyez pas qu'une famille plus expérimentée eût été une meilleure solution ?

— Comme je vous le disais, Monsieur le président, sa mère tenait à ce qu'il soit près d'elle. Mais nous avons toutes les garanties concernant la probité de Madame Khadija.

— Et pour l'aménagement des week-ends ?

— Il est censé voir sa mère une semaine sur deux. »

Là j'ai compris que ça sentait le roussi, je n'entendais pas parler de Delphine. Doucement, j'ai dit : « Et mes sœurs ? Je vais les revoir, Monsieur le juge ? »

Madame Davert se mit à me regarder bizarrement. Le juge aussi devenait louche.

« Skander, dit-il, nous allons tout faire pour que vous continuiez à les voir, mais pour l'instant notre priorité sera votre installation chez Madame Kadoujna. Vous comprenez ?

— Khadija, Monsieur le président, c'est Madame Khadija », le reprit Madame Davert.

J'ai dit oui et je me suis retourné vers le monsieur qui n'avait toujours pas parlé, et dont les doigts tapaient à l'ordinateur sans s'arrêter.

« Vous faites quoi ?

— Monsieur le greffier, dit le juge en souriant, voulez-vous bien renseigner nos visiteurs sur votre rôle ?

— Je note tout, jeune homme, c'est mon métier. Pour la procédure et nos archives.

— Merci beaucoup, Monsieur le greffier, c'est suffisant ! Madame Davert, je me permets d'évoquer ce sujet avec vous. Au vu du dossier et de ce que je vois, nous avons là un parfait cas d'acculturation. Cela me laisse, comment dire, vraiment dubitatif.

— Nous en avons discuté avec Madame Baer, la directrice de nos services, mais également avec sa mère qui, je vous le rappelle, est toujours titulaire de l'autorité parentale. Aussi, il nous est apparu que c'était la solution adéquate.

— C'est quoi l'acculturation ?

— Vous allez changer de vie, Skander !

— Et ça sera mieux ?

— Je l'espère ! Cependant le changement sera profond. Je n'ai pas l'habitude d'en parler avec les enfants mais vous m'avez l'air mûr. Vous allez devoir vivre selon votre culture d'origine, conformément au souhait de votre mère.

— Ils m'ont coupé le zizi, Monsieur le juge ! Je voulais pas, moi ! Et puis je voulais aller chez les Hubert !

— Mon Dieu ! fit le juge. Écoutez, Skander, je comprends votre point de vue mais les Hubert, je le concède volontiers, habitaient bien loin de chez votre mère. »

Le juge n'avait pas d'autres arguments.

« Dans ce cas je vais m'acculturer, Monsieur le juge. J'aime ma mère, vous savez. »

Elle aussi déménageait. C'est le juge qui le lui annonça : « Monsieur Guénard m'a précisé vous avoir trouvé un logement. C'est un deux pièces vers Aubervilliers ou Saint-Denis, vous verrez avec lui. Et on vous paie de quoi accueillir correctement votre fils. Si vous remontez la pente, vous pourrez même le récupérer. À moins que vous n'ayez prévu de le laisser à d'autres éternellement. »

Puis il la mitrailla de questions tandis qu'elle demeurait silencieuse, incapable de répondre de ses fautes aussi nombreuses que dramatiques. « Votre santé ? Et vos problèmes judiciaires ? Vous pensez à votre fils ? Avez-vous entrepris de travailler ? Et votre fille en Algérie ? »

Là je pris un coup de massue sur le crâne. J'avais une sœur, une vraie. Et pire, ma mère était en fait une racaille judiciaire ! Elle n'a rien répondu, son tuteur le ferait pour elle. C'était son travail.

Après un long silence, elle me regarda comme pour présenter des excuses et je ne pus m'empêcher de les lui accorder, puisque, après tout, je n'avais plus qu'elle. Le juge, qui en avait fini, nous raccompagna à la porte, la salua à peine et me demanda d'être patient. Pendant qu'il parlait avec Madame Davert, j'ai demandé à ma mère : « On va habiter ensemble, tu crois ? Il faut que tu écoutes le juge ! »

À la rentrée, j'avais déménagé de chez Delphine, on s'était tous dit au revoir, très rapidement pour ne pas ajouter du chagrin à la douleur. Mon chauffeur chargea mes valises et démarra. Nous passâmes devant la pédiatre et devant l'école. C'en était fini de cette ville. Tout ça allait me manquer.

J'étais arrivé à Courseine sans mon dictionnaire. J'ai pas eu le temps de m'en occuper, fallait m'acculturer. « C'est quoi, ces cheveux de fille ? » demanda Khadija. Un Arabe vint à la maison avec une tondeuse. Dix minutes plus tard, j'avais la tête ronde. La poubelle s'occupait donc de mon passé. Avec un dégoût et un plaisir conjoints, on y jeta mes vêtements sans marques, remplacés par des beaux, achetés dans des marchés immenses et lointains. Je lui accordai là mes premières faveurs.

Elle n'était pas tout à fait vieille, Madame Khadija, un peu moins fine que ma mère et une fois sur deux me parlait en arabe, toujours très fort. Assez vite, j'ai commencé à en avoir des rudiments.

Et puis son appartement était grand, avec plusieurs chambres inoccupées, toutes télévisées. Dans le salon, on trouvait des vitrines remplies d'assiettes, des objets dorés et même des poupées russes. La cuisine aussi, équipée au maximum. On y était mieux que chez Delphine, largement. Le plus important pour elle et donc pour moi, c'était la propreté de sa maison. Son regard inquisiteur suivait tous mes faits et gestes, et à la moindre poussière générée elle suffoquait.

Ici comme chez Nicole, il n'y avait pas d'homme mais des enfants qu'elle gardait la journée pour leurs parents qui travaillaient. Avant ça, elle était dans le ménage, chez le président des Champs-Élysées. « Y a pas de président pour les rues en France, Madame Khadija ! lui dis-je.

— Mais si, mais si ! Qu'est-ce que tu connais d'abord ? Monsieur Esambert, il était président ! » Je recontestai mais elle n'en démordait pas. Faut pas insister dans ce genre de cas, juste acquiescer.

Après le président Esambert, elle disait avoir travaillé pour l'ambassade d'Arabie saoudite. Avant que je lui demande plus de précisions, elle fila dans sa chambre dont elle revint les mains chargées d'un joli coffret en velours rouge. « Viens, regarde comme c'est beau ! » Dedans il y avait des bijoux, de l'or et une montre magnifique. « C'est Cartier !

— Je peux essayer la bague ?

— C'est pour les femmes, petit âne ! Moi-même je ne les mets jamais.

— Ça vous sert à quoi alors ? »

Elle ne répondit rien et me fit jurer de ne jamais y toucher. Sa boîte dans les mains, elle se dirigea vers la fenêtre, tira le rideau semi-transparent et pointa le parking.

« Tu vois ma voiture ?

— Oui, elle est belle !

— C'est l'ambassadeur qui me l'a donnée parce que je travaillais bien. Et la plaque d'immatriculation, regarde-la bien, c'est vert et orange, c'est une voiture diplomatique. Ça veut dire que j'ai le droit de faire ce que je veux avec ! Et tu sais pourquoi il me l'a donnée ? C'est parce qu'il m'a fait confiance. Tous mes patrons, ils ont été comme ça avec moi !

— Mais je suis pas votre patron, moi.

— Bien sûr que non, espèce d'âne ! C'est moi la patronne ! »

Se formaliser si on vous insulte en arabe ne sert à rien. J'imaginais Madame Davert ou la pédiatre m'insulter, je transposais. Ça ne fonctionnait pas. Pour Madame Khadija, ça valait un « bonjour, Monsieur ». C'est naturel, c'est la culture.

J'ai aussi connu Radia, la voisine du dessus, à peu près amie de Madame Khadija. Elle venait souvent prendre le thé le samedi. Faisant mine de lire un livre, j'écoutais ce qu'elles se disaient.

« Mon grand fils Larbi, il va rentrer en prison, Khadija ! Il a encore volé des motos.

— Mais pourquoi tu le frappes pas ?

— Tu rigoles ? Mon mari, dès qu'il rentre du travail, il le frappe ! Sur la tête ! Avec le bâton ! Mais Larbi, il recommence !

— Faut le frapper encore ou l'envoyer au bled !

— Il a passé ses premières années là-bas, je crois que c'est à cause de ça qu'il est comme ça. Y a que des animaux dans le village de son père, pire qu'ici ! On a fait une erreur je crois. Khadija, tu te rends compte ? Mon fils, en prison… Par Allah, je suis perdue. »

Ces hurlements de soirée, moi je les entendais bien, son fils devait avoir sa chambre au-dessus de la mienne.

Cette semaine, le père était effectivement venu le frapper deux fois. Ça commençait toujours pareil. D'abord un énorme bruit de porte qui s'ouvre puis se ferme ; quelques secondes de silence et des coups, vraiment beaucoup, avec des phrases aussi. Le mari de Radia variait peu. « Alors, sale chien ! Alors, sheitan ! » et Larbi hurlait : « Arrête, papa ! Arrête ! » Radia, elle devait probablement aimer ça parce que sa voix réussissait à couvrir toute cette fureur et je l'entendais dire : « Encore ! Encore ! »

La conversation glissa ensuite sur les Moreau, nos voisins d'étage qu'on ne voyait pas beaucoup, bien que leur porte soit située au bout du couloir. Le plus grand des fils était dans mon collège mais on ne se parlait pas. Dès la primaire on comprend que ceux des classes supérieures sont intouchables, faut attendre qu'ils redoublent pour faire connaissance.

Je l'aimais bien, la mère Moreau, elle me disait bonjour, je lui répondais : « Comment allez-vous, Madame Moreau ? » Et je lui portais ses courses. Quand j'y voyais du fromage, emballé dans du papier, je lui demandais : « Vous mangez quelle région ce soir, Madame Moreau ? » Elle était contente. « C'est du morbier, tu connais ? » Bien sûr que je connaissais, même si je n'en mangeais plus, Khadija n'achetant que de la mimolette ou le gouda en plastique rouge du discount. D'ailleurs, le jour où Madame Moreau nous vit ensemble, elle arrêta de me saluer. Elles devaient se détester.

« T'as vu Moreau ? Elle a mis un mot pour les odeurs, s'indigna Radia.

— Bien sûr ! Toujours en jupe, cette pute. Elle se maquille en plus !

— Tu peux pas dire ça. Ma fille aussi elle se maquille

et met des jupes. » C'était vrai, je l'avais déjà vue rendre visite à Radia, elle se maquillait beaucoup.

« Une fille, c'est une malédiction. Je remercie Dieu tous les jours de ne pas avoir de fille ! »

Même si je n'avais pas vu le mot pour les odeurs, j'ai tenté de défendre Madame Moreau.

« C'est vrai que vous avez une odeur particulière chez vous. Mais je suis habitué maintenant. Je crois que je sens pareil.

— Tu nous écoutes, espèce d'âne ? Je croyais que tu lisais ! »

Je repris la lecture de mon livre sur les anciens empires asiatiques, j'en étais aux samouraïs, habillés et maquillés comme des femmes. Mais eux, ils ne coupaient pas de têtes comme Highlander. Le katana, ils se le plantaient dans le ventre. C'était une marque de sagesse, paraît-il.

Radia se mit alors à questionner Madame Khadija à mon propos. Celle-ci lui précisa que j'arrivais de chez les Français et raconta ma vie puis celle de ma mère.

« Le pauvre, soupirait Radia.

— Je suis content, j'ai des vêtements de marque maintenant ! j'ai dit pour la rassurer.

— Tant mieux, mon fils ! Dis-moi, Khadija, c'est combien pour lui ?

— Tu sais, il comprend déjà l'arabe. J'ai jamais vu ça. Il est très malin ! Hein, t'es malin, Skander !

— Merci, Madame Khadija, merci.

— Tu nous laisses maintenant ? Va lire dans ta chambre. »

Je ne sais ce qu'elles se dirent mais une fois seule, Madame Khadija décrocha son téléphone et se mit à répéter à d'autres les problèmes du fils de Radia. Elle avait d'ailleurs pris de l'avance sur son emprisonnement.

Dans mon nouveau collège, j'étais excellent, comme le sont les élèves qui portent des lunettes. Le niveau moyen était cependant faible et certains élèves très jaloux. Ils me demandaient des réponses sans politesse : « Eh, le nouveau, c'est quand Clovis, enculé ? » Ils m'étonnaient par leur ignorance, ils avaient mon niveau de maternelle. Alors je leur disais d'en faire plus, que c'était pas compliqué l'histoire de France. Rapidement j'ai donc pris des baffes.

Juvénal, par exemple, bavardait durant mon exposé sur Martin Luther King. La professeure d'histoire, Madame Degrand, lui demanda de se taire plusieurs fois. Me sentant pousser des ailes, j'ajoutai : « Tu devrais prendre exemple sur lui ! » J'avais mis au jour ses lacunes, alors il m'insulta d'un « Nique ta mère ! » Ce juron, c'est le sommet et, quand on vous l'adresse, on doit défendre son honneur et celui de sa mère. Comme je n'avais pas ce courage, j'ai laissé dire. À la fin de la journée, Juvénal déboula sur moi, finissant son sprint par une béquille du genou en plein fémur. L'impact fut tel que je m'écroulai par terre, fiévreux et désespéré.

Le seul qui me semblait digne de confiance, le juge Steinmetz, ne m'avait pas menti : je ne voyais plus Delphine mais on se parlait parfois avec le téléphone du salon, toujours sur haut-parleur. « Très bien, tout va très bien, chaque jour ça va mieux », je disais. Madame Khadija, qui regardait la télévision sans le son, paraissait satisfaite de mes réponses.

En hiver on a pu se revoir. Un chauffeur vint me chercher, pour économiser l'essence de la voiture diplomatique de Khadija. Delphine avait changé en tout, même d'appartement dans lequel je ne trouvai pas mon dictionnaire ; elle l'avait jeté, j'en étais sûr. Elle était heureuse depuis qu'elle n'était plus prisonnière de nous et travaillait dans une parfumerie. Quant à Jessica, l'assistance l'avait placée dans une famille à Perpignan.

« Donc on n'habitera plus jamais ensemble ?

— Skander, tu sais bien que non, on se retrouvera plus tard, quand tu seras un homme. On a toute la vie devant nous ! »

Livré à moi-même, j'estimais que je n'avais finalement ni gagné, ni perdu, mais que ça allait être autre chose. Madame Khadija me laissa rapidement tranquille. Pour que je m'éloigne, elle m'avait même acheté un vélo. Comme j'avais peur du dehors et épuisé le stock de bandes dessinées de la bibliothèque municipale, je regardais la télévision.

J'eus d'ailleurs mes premiers problèmes à cause de la télévision. À Pâques, le journal télévisé parlait depuis plusieurs jours d'un violeur qu'on recherchait. On regardait tout ça avec un petit de six ans que Madame Khadija gardait pour les vacances. L'histoire m'intéressait tellement que j'avais baissé mon pantalon et demandé au petit de me mettre des doigts dans les fesses. Il commença à me toucher celle de droite. « Nan, nan, mets un doigt, à l'intérieur. Allez, viole-moi ! » Comme il n'y comprenait rien, j'ai pris sa main. Mais avant qu'il ne rentre son doigt, Madame Khadija ouvrit la porte. « Oh là là ! Sale enfant du diable ! » hurla-t-elle en se tenant le visage. « On joue au jeu du viol, c'est rien ! » Elle redoubla alors de cris arabes. « Remets ton pantalon, enfant de putain ! » Le petit, lui, regardait toujours ses doigts, peut-être déçu. Elle l'exfiltra par le col et me laissa dans la chambre.

Au bout d'une heure, j'avais tout compris de mon acte sans qu'on vienne me l'expliquer. À choisir j'aurais préféré des témoins qui se seraient moqués de moi. C'est terrible d'être seul, on n'a que sa tête. Aussi, je priais pour qu'Highlander me la coupe.

Lorsqu'on s'est retrouvés ensuite avec Khadija, je faisais des montagnes de zèle, portant les sacs de courses sur le dos, espérant disparaître sous leur poids. J'attendais le moment où elle me reparlerait de mon viol. En rentrant du discount, dans les escaliers de l'immeuble, elle crut sentir mon regard concentré sur ses fesses. Elle se retourna avec dégoût : « Tu crois que je te vois pas ! » Ça continua ensuite. De temps à autre elle me suppliciait avec ses allusions, me jugeant possédé.

« Si t'étais mon fils, je t'aurais amené chez l'exorciste !

— Vous croyez que je suis bizarre, Khadija ?

— Je te demande, je te demande. C'est les Français qui t'ont appris ça ? C'est les manières des Français ça. »

Quand c'est ainsi, on ne peut faire qu'une chose, divaguer dans sa tête à s'imaginer astronaute, partir aussi loin que possible dans des chimères fantastiques. Il me fallait bien ça pour chasser ce fait divers de ma mémoire. Tourmenté à l'infini, mes cauchemars revenaient et j'attendais d'être seul pour m'expliquer de moi-même à moi-même. J'eus l'occasion d'en parler à la psychologue du collège. Mais plus elle me parlait, plus je voyais Khadija me répéter : « Tu racontes rien de ce qui se passe chez moi ! » Et sur ces bases, nous allions construire notre relation. J'étais dedans, bien dedans.

Ma mère avait du mal à venir à Courseine, n'arrivant jamais à la bonne heure ni le bon jour. Si Madame Khadija l'aimait bien au début, elle finit par lui retirer sa confiance, me reprochant parfois ses attitudes.

Cette question fut réglée au souterrain des Halles où l'on faisait notre correspondance, attendant notre train, qui passait tous les quarts d'heure. Parti inspecter les magazines de football au point presse, j'ai demandé à ma mère qu'elle m'en achète un. « On doit manger », me rétorqua-t-elle.

Alors elle vola le magazine. Ça m'allait bien. Mais le vendeur se jeta sur elle pour l'empêcher de partir tandis qu'en bon lâche je m'esquivais en souriant aux gens sur le quai. Elle fit alors ce qu'elle m'avait déjà montré, et pas qu'une fois, frappant le vendeur à la tête. « Au secours ! » criait-il. Puis tout naturellement : « Police ! Police ! » Ma mère m'attrapa et l'on monta dans le train. Mais à la gare du Nord, notre cavale s'arrêta. Des policiers couraient sur le quai en suivant le wagon qui ralentissait. À l'ouverture des portes, ils entrèrent pour nous arrêter. Ils lui mirent les menottes et on est retournés chez le marchand de journaux qui balança tout de suite : « C'est elle ! C'est elle ! » J'ai dû rendre le magazine et les suivre au commissariat où Madame Khadija vint me chercher tard dans la nuit. Depuis, je me rendais seul dans sa ville.

Faire son trajet sain et sauf dans le RER tenait du miracle. Nous, voyageurs, paniquions lorsque les gens bizarres y entraient et nous reniflaient. En hiver, longeant les rails du chemin de fer, je frissonnais au moment de rentrer dans la pénombre dangereuse de la ville de ma mère qui se trouvait derrière le pont de Drancy et le fort d'Aubervilliers, ne se distinguant de Courseine que par les couleurs. Si le jaune et le bleu dominaient là-bas, ici, les bâtiments étaient peints d'un ocre triste. Et la grande usine Meccano demeurait vide.

Son deux pièces dont avait parlé le juge se trouvait dans un immeuble, en lisière d'une immense cité fermée comme un bagne, accessible par un porche qui fendait un bâtiment aux mille fenêtres. Un édifice d'où s'échappaient parfois des odeurs de cendres, des cris d'horreur et des sirènes. Dans cet enfer, on était encore et toujours loin de Paris.

Notre binôme poursuivait son chemin à la mairie, précisément au centre communal d'action sociale. Les dames du guichet lui donnaient de l'argent et des bons alimentaires. Alors on jouait la comédie. Pour avoir un supplément, ma mère me mettait bien en évidence pour que je les émeuve. Après cela, elle me rendait ma liberté et je m'en allais faire des courses. Les caissières et les épiciers me parlaient centimes, jamais d'autre chose. Puis j'allais jouer seul au football, utilisant comme cage le cadran rouge et blanc de l'entrée d'un parking abandonné. J'apprenais aussi par cœur les informations des magazines de football. C'était eux mes amis, tous ces joueurs d'Europe que je vénérais comme des dieux. Aucune coupe ni aucune équipe n'avait de secret pour moi, et j'avais la géographie de plus en plus facile.

Sa nouvelle ville rendait ma mère moins vivante, plus sédentaire. Elle sortait peu et dormait à n'en plus finir, hibernant mieux qu'un ours. Le reste du temps on essayait de se parler et quand même de rigoler. Quand on ne savait plus quoi faire après la sieste, on s'embrassait avec la langue. C'était notre secret.

Elle finit par me présenter ma sœur, la vraie. Je l'ai connue par téléphone puisqu'elle habitait en Algérie. Elle s'appelait Lilya et disait m'aimer beaucoup. Je lui retournai le sentiment sans savoir si c'était vrai, simplement ça lui faisait plaisir.

À Courseine, j'en ai vu un autre, de frère ou d'ami, encore un. Khadija absente, j'essayais d'oublier les bruits et la présence des nouvelles chaussures que j'avais vues à l'entrée. Il faisait jour, ce n'était donc pas les fantômes. En entrant dans la chambre, je constatai que je n'étais pas seul. Je le regardai, il était bizarre, petit de taille, les cheveux plaqués en arrière, recouverts de gel. L'intrus allongé sur le second lit se prénommait Christophe mais il me demanda de l'appeler Chorba. J'appris plus tard que ça venait de la soupe arabe de Madame Khadija dont il raffolait ; ce surnom lui resta.

Chorba se présenta. « Mon père et Khadija allaient se marier mais il est parti en me laissant chez elle. Du coup c'est presque ma belle-mère. Ma vraie mère est morte y a longtemps, je l'ai jamais connue.

— T'es de l'assistance ? lui dis-je.

— Non. Comme mon père paie à Khadija une pension pour m'élever, il a pas eu besoin de m'abandonner. Et pour que je sois libre, ils m'ont émancipé. Mais parfois il oublie de payer alors j'arrête de venir.

— Mais si elle t'aime, c'est pas grave la pension.

— T'en racontes bien de la merde, dis donc !

— Mais est-ce que tu connais la capitale de l'Argentine ? dis-je pour qu'il reconsidère l'étendue de mes connaissances.

— T'en veux une dans la gueule ?

— Alors, la capitale de l'Argentine ? »

Là, il se mit à m'étrangler si fort que l'air ne passait plus. J'ai agité mes mains pour lui dire d'arrêter.

« Je vais t'expliquer ta situation. T'es jeune mais je peux pas te laisser dans l'ignorance. Les familles d'accueil, elles sont payées pour te garder, et beaucoup ! Au moins cinq mille francs. Avec l'euro qui arrive, ça fera plus. Toi t'es le premier, le cobaye. Ensuite d'autres arriveront. Tu rajoutes en plus les enfants qu'elle garde le soir. Et ma pension ! Tu te rends compte ? Elle est riche. En plus l'assistance te paie tout. T'es au courant de ça ? Les vêtements, la nourriture, les vacances. Absolument tout, depuis toujours. Et tu sais d'où ça vient ? Je veux dire, t'es pas si bête pour croire que ça tombe du ciel.

— C'est le juge ?

— C'est grâce à la France, trou du cul ! Toi et Madame Khadija, vous vivez parce que les Français paient leurs impôts ! Ta famille d'avant c'était pareil. T'as beaucoup de valeur pour l'instant.

— Elle m'aimait bien ma première famille.

— Et c'est pour ça qu'ils t'ont laissé ? Eux aussi, ils touchaient ! Tu seras jamais rien qu'un salaire, n'oublie jamais. »

De peur qu'il ne m'apprenne toujours plus d'informations nouvelles, loin de ce que mes livres et le collège m'enseignaient, je ne lui parlai pas de ma mère. Une chose me tracassait cependant : je ne comprenais pas pourquoi Khadija n'aimait pas les Français.

« Elle a pas toujours été comme ça. Depuis que mon père l'a quittée, elle a la haine. Ils s'entendaient bien pourtant, puisque mon père est aussi le roi des enculés. »

Il avait raison Chorba, plus que quiconque. Khadija me faisait beaucoup de phrases sur l'argent et les factures, soupesant chaque portion de fromage ou verre de jus d'orange. Nos relations devenaient de plus en plus comptables ; elle m'apprenait à dépenser l'argent de l'assistance, jamais le sien. J'avais ainsi le droit à cent francs par mois et deux mille par an pour les vêtements. Conservant les tickets de caisse à côté de sa boîte à bijoux, elle me récapitulait mon solde à chaque trimestre. « Pour que tu apprennes à devenir un adulte », disait-elle.

J'ai tenté ensuite de discuter avec Chorba, assez difficilement je dois dire. « Tais-toi, tu me fais mal à la tête. » Je parlais trop. Mais surtout il ne dormait pas souvent ici. Par petites touches, je réussis à en savoir plus sur lui. Il revenait d'une année en Provence où il avait fait de la métallurgie. Il était comme personne, toujours fourré dehors à faire je ne sais quoi, rentrant au matin quand j'allais au collège. Et quand j'en revenais, je le voyais endormi ou au téléphone. Dans la chambre, en autarcie du reste, on laissait Khadija se débrouiller avec ses enfants. Quand je le saoulais trop, il me faisait écouter son rap qui niquait la France. Voulant lui faire plaisir, j'écoutais ses disques pendant des heures pour retranscrire les paroles des rappeurs. Le refrain d'un morceau ne me quittait plus : *Faudrait changer les lois et pouvoir voir bientôt à l'Élysée des Arabes et des Noirs au pouvoir*.

Pour nous consolider, on m'imposa de passer les vacances d'été chez Madame Khadija, au Maroc. Mes ancêtres venaient pourtant d'Algérie, pays qu'on me cachait depuis ma naissance. Même à l'école. C'est encore Chorba qui me donna des éléments pour comprendre. Il me parla d'une guerre récente où les Algériens s'égorgèrent entre eux par centaines de milliers. On ne pouvait jamais se sentir à l'abri avec eux, continua-t-il. Même en France. Dans le RER, celui que je prenais pour aller chez ma mère, ils faisaient aussi exploser des bombes. Chorba ne viendrait pas au Maroc, il connaissait déjà et ne pensait qu'à une chose, garder l'appartement tout seul pour s'y établir en pacha. C'est ce qu'il racontait au téléphone à des filles.

Nous partîmes à la mi-juillet avec la berline diplomatique de Khadija, bourrée à ras bord. À l'arrière et dans le coffre, des sacs, babioles et vêtements remplissaient le moindre espace. On ne s'en allait pourtant que six semaines à peine.

Il fallait se lever tôt pour traverser la France et l'Espagne sans se faire arrêter par les embouteillages. J'étais en train de tenter de me faire une place à l'arrière pour finir ma nuit, espérant me réveiller en Espagne, quand Madame Khadija m'interrompit. « Qu'est-ce que tu fais ? Tu te prends pour l'ambassadeur ? Je suis pas ton chauffeur, allez, devant ! »

J'ai tout de même pu dormir, pas beaucoup, jusqu'au péage de Saint-Arnoult-en-Yvelines. Prostré contre le dossier, pendant des heures j'ai regardé la France défiler, un pays bien fait. Les routes régulières au goudron noir brillaient, bien entourées de panneaux aux couleurs vives. Parfois je me demandais qui habitait ces maisons, perdues au milieu des champs, tous bien bornés et jamais à l'abandon. J'essayais de m'occuper.

Si Madame Khadija conduisait vite, pressée d'arriver, sa nature crevarde nous ralentit dès l'Espagne où nous ne prîmes que des nationales interminables, moins chères que les autoroutes à péage. Et puis, on roulait sans climatisation. Elle disait « c'est pareil », d'un air agacé. Ça devait aussi l'énerver, mais c'était plus fort qu'elle. Je m'ennuyais depuis déjà dix heures de route et deux de repos quand on changea de pays. L'Espagne semblait brûler en direct, les terres jaunes et les mille mirages d'essence sur l'asphalte l'attestaient. Parfois, un panneau géant représentant un taureau, noir et inutile, apparaissait sur la route.

À nos arrêts, nourris de poulet froid et de salades de pâtes, on tentait d'oublier qu'on fondait lentement dans ces aires de repos réservées aux Marocains de la nationale, celles sans station essence, avec simplement des tables en bois et des fontaines à eau, comme si on savait qu'ils n'achèteraient rien dans les boutiques des Blancs, que leurs voitures étaient déjà des épiceries. Les gens dormaient sur des cartons, fatigués d'essayer de quitter ce continent. Ça hurlait parfois sur les enfants et personne n'était vraiment content. Nous dormîmes là une nuit.

Une fois l'Andalousie atteinte, lorsqu'on sut qu'on arriverait bientôt dans son pays, à l'entrée du port d'embarquement, Khadija se détendit enfin et me racola.

« Tu vas voir, je leur ai beaucoup parlé de toi. Tu vas être gentil avec eux ! Avec tout ce que je fais pour toi.

— Oui, oui, ça va être bien, j'en suis sûr. Il fait chaud ici, vous trouvez pas ? dis-je pour changer de sujet.

— Mais c'est normal, espèce d'âne, c'est l'Espagne ! Moi je suis la cheffe de ma famille, ils me respectent. Sache-le.

— C'est normal, vous êtes la cheffe de tout le monde ! »

Au port, on attendait depuis quasiment trois heures pour entrer dans la cale d'un hypothétique ferry. Khadija recommença à s'énerver, ne voulant pas me laisser tranquille, exténuée par la route. Un moment, son brouhaha se mélangea à celui de ses compatriotes. Les klaxons et les cris n'arrêtaient pas. C'est là que je suis sorti pour respirer. « Je vais pas me perdre grâce à votre plaque orange et vert ! dis-je en m'évadant.

— Tu parles pas des plaques diplomatiques ! Tu dis rien ! »

J'allai vers l'embarcadère, là où se trouvait l'épicentre du bruit. Des voitures par centaines, toutes marques et tailles, venues de Hollande, de Belgique et de tant de départements français attendaient. Certains véhicules croulaient tellement qu'on ne voyait plus leurs roues. Mille camelotes écrasaient les toits et, malgré les bâches bleues, je reconnaissais des machines à laver et des frigos. On aurait dit une grande caravane de fin du monde.

Un seul bateau pour l'Afrique était parti, avec ses chanceux, peut-être déjà arrivés, et nous marinions toujours au bout de l'Europe. Les voyageurs se remirent en guerre contre le calme, hurlant des slogans : « Remboursez ! Remboursez ! Spagnole ! *Hijo de puta !* » Des vieilles dames voilées, assises sur leurs banquettes, étaient comme prises dans des crises. Des adolescents, français ou belges, s'approchèrent des salariés du port. L'un, qui parlait le français, se mit à paniquer : « Nous pas les chefs ! J'appelle Guardia civil ! » Un Hollandais sans tulipes l'insulta dans sa langue particulière puis le poussa fort, presque à l'eau.

On ne savait toujours pas qui s'occupait sérieusement de l'organisation portuaire, peut-être personne d'ailleurs. C'est là que je fis la connaissance de Yanis. « T'es d'où toi ? » dit-il. Pour me parler, il devait s'ennuyer comme jamais.

« De Courseine. Et toi, tu es français ?

— Nanterre. Tu connais Julien ? Il habite dans ta ville.

— Oui, j'ai menti.

— Il est toujours aussi chaud ? Et toi t'es chaud là-bas ?

— Je suis chaud à l'école ! »

Se foutant de mon niveau scolaire, comme tous les gens depuis que j'avais déménagé à Courseine, il me proposa de lui rendre visite à Agadir. « Si t'es dans le coin, tu vas au Blue Mango et tu demandes Yanis. Dis à Julien de m'appeler quand tu le revois. »

Du port d'Algésiras, Agadir me semblait bien loin.

Deux ferrys supplémentaires prirent le large, si bien qu'on n'y croyait plus vraiment à cette traversée. Madame

Khadija était silencieuse. J'en profitai. « On va en Bretagne ? Venez, on y va. Ça vous fera du bien ! Il fait moins chaud ! » Un bateau arrivait, ça prit beaucoup de temps, les douaniers forçaient certains Marocains à manger leurs cornes de gazelle rapportées du pays. Alors ils mangeaient tout ce qu'ils pouvaient, avec la haine bien sûr. Nous parvînmes à accéder à ce bateau ; dans les derniers, l'idéal pour en sortir.

On devait encore attendre que les véhicules se garent convenablement et que les familles fassent attention à leur coffre et à leur cargaison. Certaines restaient dedans. C'est spectaculaire une cale de bateau. Au-delà des voitures, il faut se figurer la quantité de tuyaux, boulons et Marocains que ça parvient à accueillir. On se demande même comment l'ensemble réussit à flotter. Pour accéder au pont, ce fut ignoble.

Là-haut, les passagers avaient annexé les bonnes places et la proue. S'asseoir nous était interdit. Ça ne sentait toujours pas le Maroc et Madame Khadija voulait s'asseoir. Sentant qu'elle souffrait, j'ai trouvé une chaise. On appréciait enfin la mer et ce moment où l'eau se transforme en écume au contact de la coque.

Encore en délire affectif, elle revint sur le sujet : « C'est dommage que tu ne m'aimes pas. Je suis comme ta mère, tu sais. Sans moi, tu serais où d'abord ? Dans un vrai foyer avec des fous et des ânes.

— Mais j'ai ma mère déjà.

— Ta mère, ta mère… C'est à cause d'elle que tu es chez moi. Tu devrais me remercier. »

Je ne comprenais pas ses espérances.

« Alors ? »

Ça nous aurait fait du bien que je lui dise, j'hésitais. Mais au loin, on voyait enfin la terre. « Regardez, Khadija, c'est votre pays là-bas. »

Si le port de Tanger ressemblait de prime abord à celui d'Algésiras, les panneaux, écrits en arabe, informaient d'un changement de monde.

D'abord, on voyait des policiers partout, bien plus élégants qu'en Espagne ou en France. Vêtus d'uniformes colorés d'un bleu liseré de rouge, la tête recouverte de casquettes d'amiral, on remarquait surtout leurs ceintures et étuis d'arme en cuir blanc. Leurs belles moustaches finissaient de leur donner de l'allure.

J'ai demandé : « C'est la guerre au Maroc ? Pourquoi y a autant de policiers ? » Toute concentrée, Khadija ne me répondit pas et je compris seul que ce n'était pas la guerre mais le spectacle. La sortie de port tenait de la fanfare. Avec leurs sifflets et leurs déhanchés, les policiers paraissaient des chefs d'orchestre autoritaires, arrêtant les voitures pressées d'enfin s'enfuir. Des billets sortaient des fenêtres. « Regarde-moi ces voleurs ! Regarde ! » Khadija jura que jamais elle ne paierait. D'un coup de volant sec nous sortîmes de la file rapide et rejoignîmes l'autre, statique. Ici personne ne se faisait rançonner ; nous sacrifiâmes une demi-heure supplémentaire. On n'était plus à ça près.

Pour aller à Rabat nous prîmes enfin l'autoroute, non par charité soudaine mais par patriotisme, celle-ci étant « la première autoroute terminée du pays », me précisa Khadija, toute fière et ravie que le consulat lui ait offert un ticket de péage. On la parcourut rapidement, surveillés par le roi du Maroc dont les portraits revenaient toujours.

En rentrant bien dedans, on comprend que le bled n'est rien d'autre qu'un pays dehors. Je n'avais jamais vu autant de monde et de choses dans les rues. Les policiers à moustache bien sûr, les moutons noirs qui mangeaient les poubelles et les femmes en djellabas. La nuit désormais tombée, on roulait doucement dans un quartier mal éclairé où la poussière remplaçait le goudron. Là, nous vîmes une vingtaine de personnes chantant leur joie de nous voir et nous barrant la route. « Allez, c'est bon, on est arrivés. Bienvenue. Regarde comme ils sont contents, ils pensent à mon argent. Je les connais. »

On est descendus, et c'est vrai qu'ils se mirent à lui sauter dessus, avant de vider notre coffre avec leurs yeux. Des femmes, des enfants et des hommes, de tous les âges. On lui tirait les mains pour les embrasser, les joues aussi. On désirait la sentir, la toucher, et si j'en comprenais bien mon arabe, on remerciait Dieu de l'avoir mise sur leur chemin. Ne sachant pas quoi faire, j'ai dit bonjour, parlant tout seul. « Salam ! Salam ! »

La voiture allégée dans l'heure, une femme me remarqua enfin. Une des sœurs de Madame Khadija, Salma, toute gentille et un peu grosse. « C'est toi, le petit Algérien ? T'es mignon ! Il est mignon, Khadija, ton petit ! » J'ai tout pris, le compliment bien sûr, et l'Algérie aussi.

La maison marocaine de Madame Khadija était haute de quatre étages dont deux en chantier et d'un grand confort. Tous les niveaux habitables étaient pareils, les salons équipés de longs canapés, les pièces ornées de petites tables et de commodes orientales. Les murs en carrelage à motifs colorés étaient très jolis. Dans cette maison, la salle d'eau tenait une place à part. On comptait deux robinets, une douche, une baignoire et le bidet pour se laver les pieds. À la différence de la France, les toilettes étaient équipées d'un tuyau pour se débarbouiller les fesses. J'ai repensé à mon histoire, comprenant que le jet d'eau permettait de se les ouvrir. Je n'avais pas besoin de ça.

Salma, qui m'appréciait, m'expliqua l'histoire de la famille. Leurs parents étaient morts il y a longtemps et Madame Khadija aidait tous les autres, depuis toujours. Pour cette raison, on la respectait. Sa fortune passionnait son quartier et tous exigeaient de la voir pour lui demander des dirhams, des vêtements et des casseroles. Pour les combler, elle s'en alla plusieurs fois en vadrouille avec l'un de ses frères dans les souks de Rabat, achetant des camelotes à foison comme si ce qu'on avait rapporté de France ne suffisait pas.

Tout le royaume vint à nous. Casablanca, Fès, Agadir… En quelques jours, la maison fut remplie d'oncles, tantes, sœurs et frères. Une hiérarchie existait entre eux. L'une de ses sœurs, qui avait épousé un futur médecin, était bien traitée. Je fus triste de l'apprendre mais le statut de Salma était le plus bas. Elle ne possédait que son fils, Zoubir. Chaque fois que Khadija rentrait, il lavait la voiture. Celui qui semblait l'égal de Madame Khadija, c'était son frère

Djamel. Il était de Rabat, employé et bien vêtu par la police. Avec lui je pouvais parler le français. Il était ravi que j'aie de l'ambition. Il en avait bien plus.

Khadija voulut ensuite me laver. J'ai repensé à la salle de bains et au jet d'eau.

« On va au hammam !

— D'accord, je connais ! En français on dit les thermes, ça existait dans l'Empire romain ! Mais je suis propre !

— C'est ce que tu crois, petit âne ! »

Sur le chemin, les gens qui la reconnaissaient se mettaient à chanter des bonjours, comme dans les dessins animés. « Vous êtes une princesse ! Moi aussi j'aimerais bien qu'on chante quand je marche !

— Arrête de jouer au bourricot ! »

Devant une porte en fer, un monsieur en débardeur mouillé sortit d'une salle enfumée de vapeur. Il s'appelait Azzouze.

« Khadija, ma tante ! Quel plaisir divin de te voir ! Comment ça va la France ?

— Très bien. Justement, je t'en ai ramené un ! Il est tout sale ! »

Il rigola, mit sa main sur mon cou et frotta.

« C'est à toi ! » dit-il en me montrant un fil épais, tout noir. Presque un bout de mon cou.

« Non c'est pas à moi ça ! »

Elle m'a laissé avec Azzouze. On est entrés dans le hammam. J'avais jamais connu ça ; le souffle de l'air chaud me rendit moite en un instant. On découvrait un vrai monde ici : une caisse, des vestiaires et même un petit salon de thé. La chaleur m'étourdissait et je n'y voyais rien à cause des vapeurs. « Azzouze », criai-je. Une fois, deux fois, pas plus ; le chaud me rentrait trop par la bouche. Je vis alors un gros monsieur, échoué sur le carrelage. Un homme se chargeait de sa crasse. Nous avancions dans l'enfer. Azzouze me fit asseoir à même le carrelage et, la tête dans les jambes, je me concentrais désormais pour ne pas fondre. On m'interpella. Par réflexe, j'ai relevé la tête. Je vis Azzouze et un autre homme. Les deux portaient chacun un énorme seau en plastique noir. J'entendis « Yallah » et, dans la seconde, je fus ébouillanté. Puis ils m'emmenèrent dans la dernière chambre à vapeur, la terminale, celle où je trouvai deux autres brûlés. Il se pouvait bien que je m'évanouisse désormais. Pour me réveiller j'eus à nouveau droit à un seau d'eau volcanique. Mort ou vivant, là je n'en savais plus rien. Alors Azzouze m'allongea sur une table, sortant un gant ou une éponge ; il allait me passer au grattoir. Il me sortit des longs fils de crasse de partout, même des pieds. Dégueulasse, je l'étais sans aucun doute. Après, il me contorsionna dans tous les sens de ma souplesse que je découvrais, à coups de bruit de ventouse et d'incantations superflues. Madame Khadija paya Azzouze et m'offrit un soda.

Près d'une semaine avait passé lorsque Madame Khadija accomplit enfin son devoir de musulmane, en faisant la zakat, un pilier de l'islam consistant à donner de l'argent et du mouton à ceux qui n'en ont pas. Elle avait besoin de moi pour que je l'aide à noter les dons. Ça me plaisait bien qu'elle m'accorde sa confiance.

Les moutons furent égorgés la veille, c'était important pour que la viande repose. Ayant tout vu du processus, j'eus envie de vomir mais moins qu'en voyant Djamel dérouiller un de ses neveux qui jouait trop avec les bêtes vivantes. Même la mère du petit avait encouragé Djamel à frapper fort. J'ai compris pourquoi, elle avait besoin de viande. Son fils ne valait pas plus.

Les collègues policiers de Djamel se servirent en avance et en abondance. Ensuite les pauvres arrivèrent, pour les restes et la graisse. J'écrivais les sommes et j'écoutais le concert de pleurs, en berbère et en arabe, prononcés avec l'idée de la débiter au maximum. Les suppliques s'enchaînaient : « Ma famille n'a pas mangé de viande depuis deux semaines. » « On doit payer le téléphone. » Les vieilles femmes venaient réclamer des grâces capillaires. Pas gênées, certaines ôtaient leurs voiles et présentaient leurs longs cheveux à double teinte ; gris bien au-delà des racines et colorés sur le reste de la longueur.

Cinquante dirhams suffisaient à recevoir toujours plus de vœux pour qu'elle devienne encore plus riche. Dès qu'ils avaient leur zakat, ils s'écartaient et ouvraient la main, comptant et recomptant avant de repartir comme ils étaient venus, mutiques et féroces. Au bout de quelques malles d'objets et trois mille francs distribués, elle ferma sa caisse. Les congés commençaient.

À la différence de Courseine, ici, Khadija n'en foutait pas une. Ces vacances seraient son repos absolu et elle montrait une certaine aisance dans la détente, à la limite de la débauche. Dirigées par sa sœur Salma, des jeunes femmes du voisinage s'occupaient de nous et de tout. Certaines lui massaient les pieds. Quand je venais les voir dans la cuisine, elles me chassaient et me menaçaient gentiment de me dénoncer à Khadija. Zoubir, le fils de Salma, y déposait des courses, à nous et au quartier entier. Corvéable à merci, il accomplissait sa besogne en tenues chaudes alors que le soleil cramait. Sur son visage j'apercevais plein de traces indélébiles et ses cheveux noirs marinaient constamment dans une casquette. S'il avait des retards ou qu'il manquait une pastèque, on ne le payait pas.

Ici, la vie tournait donc autour de la cuisine. Deux à trois fois par semaine, des orgies étaient prévues où l'on se retrouvait à quinze autour d'une table. On me demandait de m'habiller correctement. Khadija se faisait aussi coquette, avec sa robe bleue brodée or, les joues maquillées de rose et la coiffe inédite. Elle me regardait avec tendresse, contente d'être belle. Djamel, son frère, se prenait pour le roi. Sur sa tête, la casquette des grands jours, celle de la police royale. À ses mains, des gants blancs. Quant à ses pieds, ils étaient encoquillés dans des chaussures bien cirées. Devant son miroir, il jubilait de lui-même. Et à table, il racontait toujours la même chose, ses connexions politiques, ses projets de futur grand commissaire qui pourra exiger des pots-de-vin à son peuple. Il parlait aussi de projets immobiliers. Madame Khadija s'énervait quand il allait trop loin dans le détail.

Quand le plat de résistance arrivait, porté par les servantes, on tentait de deviner la sainte viande du jour. Tels des pachas, Djamel et ses amis prenaient des morceaux énormes. Dès qu'une de leurs mains se servait, les yeux de Madame Khadija clignaient. C'était son argent qu'on mangeait. On voyait qu'elle avait fait ça toute sa vie, contrôler et soupeser. Pour l'énerver, j'abusais sur ma part.

Après, c'était la grande sieste. La ville digérait. Les photos du roi restaient seules, avec la poussière. Son peuple se reposait.

Nous avions trouvé notre rythme de croisière, je m'ennuyais. On m'avait pourtant fait découvrir la salle de jeux d'arcade, remplie de vieilles machines en une dimension. Il y faisait noir comme dans un trou. Les enfants de la banlieue de Rabat qui s'en faisaient sans cesse chasser convoitaient mes dirhams. Mon argent de poche y passait. Un des plus grands me demanda un service, il voulait une place dans le coffre quand on rentrerait en France. Je ne comprenais pas pourquoi.

Nos affaires n'ayant pas cessé au Maroc, Khadija s'énerva de mes dépenses. Elle me confia donc à Zoubir. Elle l'aimait bien parce qu'il ne la grattait pas. J'apprendrais bien des choses en sa compagnie, m'avait-elle dit. Il me mit en garde : « C'est que des fils de crasse, si tu continues, ils vont te voler ou te taillader aux lames de rasoir. »

Nous allâmes ensuite dans son quartier. Une vitrine vide, un bout de canapé marocain, des murs du salon pas droits et une horloge ; ça n'allait pas plus loin chez Zoubir. Désormais habillé en homme d'affaires avec sa veste d'adulte et ses cheveux coiffés, il déplaça la commode et mit sa main dans une cavité du mur, tout en me fixant pour que je m'éloigne vers la chambre qui n'existait pas. « Skander, tu dis rien ! Personne ne connaît cette cachette. Tu dis rien, jure-le-moi ! » La tête de ma mère et de mon père inconnu ne lui suffisant pas, je pris celle de Dieu à témoin et, rassuré, il sortit un gros bocal en verre rempli de billets. Je comprenais sa méfiance : même en dirhams, il avait un trésor. Il l'allégea à peine et nous prîmes un bus, un vieux, de France. Le parcours figurant sur la carte d'origine, jaunie et non remplacée, indiquait que, dans sa vie d'avant, il allait à Aubervilliers.

Au bout de plus d'une heure et quinze arrêts où défilaient des palmiers et des taxis bleus, on s'est retrouvés dans un quartier où des bâtiments attendaient qu'on les termine. D'autres, plus chanceux, étaient peints à moitié.

Au détour d'une ruelle ressemblant à un décor de guerre civile, Zoubir me donna des consignes : « C'est là que Mécanicien habite. Même s'il te demande quelque chose, tu parles pas ! » Puis il tapa très fort sur une porte, sans s'arrêter, en priant Dieu. Par une fenêtre, de derrière, la voix d'une dame nous demanda enfin ce qu'on voulait. « Mécanicien ! Appelle-le, réveille-le ! » réclama Zoubir. Un homme en blouse sortit, il commençait sa vieillesse. On l'avait réveillé, comme en témoignait son visage boursouflé.

Zoubir fut salué d'un sec « Tu veux quoi ? ». Mécanicien ne m'ayant même pas regardé, je n'eus rien à répondre. « Il me faut une machine à coudre, Mécanicien ! » répondit Zoubir. D'un signe, il nous intima de le suivre.

La pièce fermentait dans le noir et sentait mauvais les produits laitiers. On passa dans l'arrière-salle. Des mobylettes, des pneus, des stocks de nourriture et des machines ; mille objets recouverts de poussière la remplissaient. Quand on était marocain, tout ce que possédait Mécanicien suffisait à vivre.

« Regarde, ça vient de Chine ! Regarde la blanche, comme elle est belle. Attends, je te l'ouvre ! »

Elle était belle, la machine à coudre, c'était vrai, mais pas assez pour convaincre Zoubir.

« Mécanicien, je vois rien, il est où le moteur ? Et le métal ? Il est où le métal ?

— C'est fini le métal ! C'est le plastique maintenant ! »

Je me suis permis de confirmer. « C'est vrai, Zoubir, en France on est au plastique depuis longtemps.

— Tu vois, écoute les Français !

— Allume la grande lumière s'il te plaît, je vais regarder.

— J'allume que le soir. Si t'es pas content, tu vas te faire foutre, Zoubir. Je la vends à un autre sinon. C'est cinq cents dirhams.

— T'es fou, Mécanicien ? Tu m'as pris pour le roi ?

— Bon, allez, dégagez de là ! C'est qui lui ? » demanda-t-il avec un profond dégoût.

J'allais me présenter mais Zoubir me coupa.

« Quatre cents, Mécanicien !

— Donne-les-moi ! Mais ne reviens plus, à chaque fois tu viens me casser la tête ! »

Il prit les billets puis hurla « Dehors ! », nous virant comme des malpropres.

Dans le bus du retour, l'imperturbable Zoubir, sa machine entre les pieds, essayait de m'apprendre les règles des affaires, moi qui n'avais jamais eu l'occasion ou la nécessité de m'en soucier. « Vous, en France, vous jouez aux billes. Vous les négociez, vous les comptez. Moi je fais pareil mais avec du vrai argent. J'ai mes fournisseurs et mes clients. Là on va aller vendre la machine, j'ai un client il m'en a commandé une pour six cents dirhams. Y a qu'une seule règle dans les affaires, la marge ! Faut jamais descendre au-dessous du tiers ! Mais le mieux c'est la moitié. »

On a ensuite filé à la médina que je découvrais enfin. De l'extérieur, on ne pouvait pas s'imaginer ce que contenaient ces palais fortifiés en terre ocre. Ici, les gens ne dormaient pas et s'égosillaient à augmenter les marges de leurs commerces, débordant d'épices, vaisselles et bijoux. On y voyait beaucoup de *gwers*, touristes d'Europe égayés par la camelote, venus là pour se faire alléger leurs billets par les Arabes. Tous les deux stands, un boutiquier hélait Zoubir. « Amène des machines ! » « De la soie ! » « Des théières ! » Je regardais ça avec émerveillement tandis qu'il rendait les saluts et surtout prenait les commandes. Il répondait « Demain ! » « Semaine prochaine ! » « Pénurie ! », notant tout sur un carnet. En professionnel, il avait dessiné un plan de tous ses clients de la médina où il inscrivait chaque demande par des caractères que lui seul comprenait.

Je me mis à regretter mes dépenses de la salle d'arcade, je ne pouvais plus acheter le cadeau promis à Madame Davert. Elle en aurait été contente. Le client de Zoubir se situait au fond du souk, un mauvais endroit pour faire de la marge. J'aperçus le couturier et sa moustache, les billets déjà à la main. Nous crûmes tous à la transaction mais en constatant le plastique, il s'énerva. Les quelques passants, perdus dans notre coin, se retournaient. Je souriais comme un idiot. L'air défait, Zoubir revint. Sans m'expliquer ses problèmes, il me fit rentrer par un taxi qu'il paya d'avance.

Zoubir continua sa vie, jusqu'à ce qu'on se revoie un soir, quand le quartier se réveille. Les femmes marchaient, voilées ou maquillées, les hommes en chemisettes et pantalons à pince fonçaient à mobylette, comme s'ils essayaient de rattraper le temps que le soleil leur avait pris la journée.

On a commandé des grillades, du cumin et du thé, puis Zoubir m'a dévoilé la suite de l'histoire. « C'est à cause de ce chien de Mécanicien. C'est pour ça qu'il voulait qu'on parte vite. Il a oublié de me dire que la pédale de la machine était vendue à part. C'est grave !

— T'as gagné un peu de marge quand même ?

— Walou ! Pour garder mon client, j'ai presque vendu au prix d'achat.

— Pourquoi il est comme ça, Mécanicien ?

— C'est comme ça les adultes quand t'es petit, un sur deux essaye toujours de te la mettre, dit-il en mimant la chose de ses mains. J'irai plus le voir, j'ai d'autres fournisseurs. Pour deux mille dirhams, grâce à Djamel, je trouverai un policier qui lui fermera son affaire. Mais bon c'est la vengeance, c'est péché tu sais. Non, le seul problème c'est la réputation. Si j'assure pas mes commandes, une fois, deux fois, les gens ils vont dire : “Zoubir, il est pas sérieux.” Et ils m'oublieront. »

Il ne mangeait pas. Son travail de livreur de nourriture l'avait dégoûté à jamais. « C'est le problème dans ce pays, le matin ils font les courses et la cuisine, à midi ils mangent et ils se réveillent le soir pour aller au café. Tu veux faire quoi avec ça ? »

Zoubir avait surtout de grands projets. Il cherchait en ce moment à acheter une boutique avec un cousin qui avait des garages. Puis il irait en Chine, charger des bateaux qui reviendraient avec plein de marchandises en plastique. « C'est vrai, c'est le futur. » Il en était convaincu. « Mon rêve c'est d'avoir des bazars et ensuite des usines où je fabriquerai moi-même ma marchandise en plastique. Plus jamais de nourriture ! Et toi c'est quoi ?

— Moi je vais faire des études !

— Et attends, Chorba, il va venir quand ?

— Tu le connais ?

— Bien sûr ! Tout le monde l'aime bien. Je crois qu'il va venir, il nous a dit qu'il viendrait cette année. »

Puis on a repris notre routine, je n'en pouvais plus du Maroc. Nous refîmes aussi des cérémonies d'offrande, pour les circoncisions et les oncles et tantes qui mouraient de vieillesse.

Vers la fin, Khadija m'emmena dans les montagnes, là où une partie de sa famille vivait toujours. J'avais vu la carte, ça semblait proche, mais monter dans la vallée nous prit sept fois plus de temps qu'à vol d'oiseau. Sur la route on ne se parlait pas avec Khadija, non par animosité réciproque, on s'entendait mieux au Maroc, mais le dénivelé abyssal nécessitait toute sa concentration. Au bout d'une centaine de zigzags en altitude nous arrivâmes sur une terre soudainement devenue plate, celle de la naissance de Khadija. Les maisons ressemblaient à celles qu'on voyait dans les westerns au Mexique, perdues au milieu d'arbres à fruits, ou à rien, tapissant les montagnes.

Un de ses frères et ses femmes y habitaient avec leurs enfants. Tous étaient très gentils et très simples. L'eau allait se chercher à la source, on la remplissait dans des bidons d'huile vide. Si un âne était disponible on l'utilisait, sinon la marche était longue et les anses métalliques des bidons, devenus enclumes, marquaient les doigts. Heureusement qu'ils étaient là, les ânes, d'ailleurs ; ils ne méritaient pas d'être l'insulte préférée des Arabes. Et puis tard le soir, on mangeait de la chèvre et des figues barbares, cueillies à même les cactus, avant que la nuit, toujours ponctuelle, inonde notre campagne d'un puissant noir. Alors un monde sonore parallèle qui habitait forcément quelque part la journée prenait ses quartiers et m'intriguait. Des bruits d'insectes, d'animaux, des plaintes et des joies. Tout existe dans les montagnes.

Madame Khadija était douce, accommodée à la vie rustique, calmée par la gentillesse de sa famille. Au fond elle les préférait. Les denrées de la ville avaient suffi au bonheur de ses belles-sœurs. Ici on ne dépensait pas d'argent, y avait pas de commerce. De temps à autre, je pensais à mes cours de géographie et à ce qu'on appelait le tiers-monde. La loi des nations, je la comprenais enfin : au nord l'opulence et au sud la patience. Je mesurais ainsi ma chance, surtout en voyant la bouche de nos hôtes, dont les dents restantes pourrissaient. Ils ne savaient pas vraiment lire et écrire. Dans le regard de quelques-uns je décelais des penchants lubriques concrétisés par des câlins intempestifs.

Un après-midi où l'on explorait les plaines, je perdis mes lunettes de vue. Un cousin m'arracha la tête de six gifles avec une ardeur dont j'ignorais l'existence. Ma joue mit deux jours à s'en remettre. Madame Khadija fut prise de panique : « Skander, il est bête, il a eu peur, il sait pas que les lunettes sont remboursées par la sécurité sociale. Ils ont pas ça au Maroc. Tu dis rien à Madame Davert ! Hein ! Sinon moi aussi je raconte tes secrets.

— Et moi je dirai que vous gardez plein d'enfants alors que vous l'avez pas dit à l'assistance ! » j'ai répondu en la regardant droit dans les yeux.

C'est sorti tout seul. Mon insolence la calma.

Il était temps que les vacances se terminent. Mes derniers dirhams furent consacrés à l'achat du cadeau de Madame Davert, des melons, l'un à l'écorce jaune, l'autre à l'écorce verte. Un cadeau qu'on ne trouve pas dans le Jura où elle était en vacances. Je ne pouvais pas faire mieux.

Chorba nous avait aussi rejoints, la veille de notre départ. C'était louche. Puis on s'est souhaité de se revoir avec la famille de Khadija. Elle allait me manquer.

En passant ma tête par la fenêtre de la voiture, toute légère, je reconnus Zoubir qui pédalait comme un fou. J'ai crié : « Alors la boutique ? » Et, plein d'étoiles dans les yeux, il me répondit d'une voix réjouie : « C'est bon ! Par la grâce de Dieu ! »

Après tout ça, il en fallut de la patience pour rentrer, étourdis que nous étions par l'aridité et les kilomètres à remonter.

Autant le dire, sans mes lunettes je voyais mieux.

Dès la rentrée de cinquième je fus pris d'amour pour Anaïs, la nouvelle fille de notre classe. Son visage parsemé de taches de rousseur, ses cheveux lisses et ses jolies jambes m'obsédaient. Comme on ne m'avait jamais enseigné l'amour des filles, j'attendais la récréation pour capter son regard, jamais à moins de vingt mètres, la distance de la trouille. Ça ne marchait pas. D'autres garçons avaient déjà pris de l'avance et l'entourèrent assez vite.

Une fois, une occasion se présenta, en classe de sport. Anaïs était dans mon équipe, toute proche. Mais au moment de me décider, je devins faible et tombai par terre. Notre professeure de sport, Madame Sanchez, s'en inquiéta. « Je t'aime, Anaïs ! Je t'aime ! » M'imaginer le dire devant cinquante personnes me parut impossible, et je demandai à rentrer à la maison en prétextant être malade. Mentir m'allait mieux, l'aveu d'amour attendrait.

Quand on ne peut pas parler, reste l'écriture. Je décidai donc de rédiger une longue lettre d'amour à l'encre bleu ciel, pleine de vérité et d'espoir. Plus je déroulais mes mots, plus j'avais l'impression de la convaincre.

Mais Chorba partageait ma chambre et tout ce qui s'y trouvait. Il avait déjà la lettre dans ses mains. « Donne-moi ça ou je te gifle ! » Je ne sais pas pourquoi j'ai dit ça puisque, à part moi-même, je n'avais jamais giflé personne. Après un coup dans le ventre qui réveilla mes sens, il m'acheva en lisant ma lettre à haute voix. Son fou rire était tellement sincère qu'il ne put la finir. « C'est trop pour moi ! T'es vraiment fou. Je t'apprendrai comment on parle aux femmes un jour. » Puis il la déchira et mes ambitions épistolaires s'arrêtèrent.

Comme je pensais trop à Anaïs, j'étais prêt à tout, même aux grandes galères, moins dangereuses que l'aveu. Lorsque Madame Degrand, notre professeur principale et d'histoire-géographie, annonça qu'à l'issue du mois de septembre un délégué serait élu, j'y vis un moyen de me distinguer. À part Charlène, sérieuse et détestable, personne ne se présenta. De réputation, elle était surtout considérée comme la balance qu'elle était. Dès les premiers jours de rentrée, Mohamed avait ainsi expérimenté ce caractère. Son attaque à la boule puante avait provoqué une crise d'asthme chez une des filles de la classe et Charlène l'avait dénoncé.

« Charlène sera élue par défaut si personne ne se présente contre elle. Un peu de courage », s'impatientait Madame Degrand. Ça me démangeait de me porter candidat, notamment pour me venger. Charlène m'avait aussi frappé l'année passée.

Fixant le grand planisphère au-dessus du tableau noir, je pensais à ces empires déchus dirigés par des rois antiques.

Ils me donnèrent la force nécessaire pour déposer ma candidature.

« Pas lui ! » « Encore en train de sucer ! » Le fond de la classe avait réagi.

« Très bien ! Les élections auront lieu vendredi prochain. Charlène, Skander, vous exposerez vos motivations mercredi matin », valida Madame Degrand.

La popularité, ce n'est que du racolage, pas autre chose. Mais récolter des voix, c'est difficile. En guise de programme, j'avais visé trop haut et promis des visites à l'Élysée et en Amérique. Si quelques-uns se montraient intéressés, beaucoup regardaient le plafond et l'horloge. La campagne de ma concurrente portait sur l'activité sportive et ludique, loin de l'Histoire. Elle avait aussi organisé un goûter.

Dans les couloirs, je croisai Madame Degrand.

« Ne fais pas cette tête, tout se joue dans deux jours !

— Mon programme a foiré, Madame. C'est mort, j'en suis sûr. Elle va gagner.

— Mais dis donc, toi aussi tu te mets à parler comme ça ? Ça ne se dit pas "c'est mort" ! Une chose m'échappe. Qui va payer les voyages de ton programme ?

— Les Français, avec les impôts.

— Tu es fait pour ça ! dit-elle en éclatant de rire. Charlène a été plus fine avec son goûter ! C'est plus efficace ! L'Amérique, Skander, franchement…

— Ils étaient bons, les gâteaux ?

— J'en ai mangé de meilleurs… »

Elle me travaillait, cette histoire, et en sortant, j'ai retrouvé Juvénal. Il me confirma la chose ; malgré leur sécheresse les gâteaux avaient tout de même été appréciés.

Puis il me laissa pour rejoindre Mohamed, les deux comptaient passer la journée dehors.

Des voix, peut-être celles de mon ami imaginaire ou de Zoubir, me mirent sur une piste. « Pense aux offrandes de mouton ! » disaient-elles. Une idée germait et, en cherchant des pièces, je vis les clés de ma mère. J'ai foncé à la gare, sans prévenir personne, surtout pas Madame Khadija qui m'aurait interdit ce trajet.

On en fait des découvertes le mercredi ; tout y est plus simple et rapide. Cette ambiance me plaisait. Même le RER. C'est la fleur au fusil que je suis arrivé. « Maman, c'est moi, je suis pressé ! » Un homme nu courut du salon à ma chambre.

« Qu'est-ce que tu fais ici ! dit-elle en refermant la porte.

— T'es avec qui ? T'es pas contente de me voir ?

— Personne !

— Toi aussi t'es nue ? Vous faites quoi ?

— Je suis seule ! Tu devais venir la semaine prochaine. »

Elle ne voulait pas me voir, je le sentais. Alors, j'ai tenté d'entrer et j'ai pris une gifle, la première. Plutôt que de la maudire, je me concentrais sur mon objectif, son argent. « Fallait me le dire avant ! Régis, ouvre-moi ! » Elle revint et j'attrapai le billet de cent francs qu'elle me tendit, oubliant ce Régis.

« Embrasse-moi, maman, tentai-je.

— Pas aujourd'hui ! Rentre chez toi maintenant. Tu vas nous faire des problèmes sinon ! »

Et je suis reparti fissa.

Sans m'attarder je repris le chemin de Courseine, n'ayant pas confiance dans la ville de ma mère. Au kiosque, les unes du *Parisien* racontaient souvent qu'on y comptait autant de voleurs que la moitié du pays.

Enfin, je pus accomplir ma grande idée, rien d'autre qu'une copie améliorée de l'initiative de Charlène. Croisant souvent les gens de ma classe au discount, j'avais comme eux la petite haine des produits qui s'y vendaient, jamais bons, jamais vantés par les publicités de la télévision. C'est comme ça que j'ai gagné ma première élection, en cinquième, grâce à mes gâteaux et bonbons de marque.

Si Madame Davert me félicita, ces histoires échappaient à Khadija, trop occupée avec son cheptel. Dès le matin, on lui déposait des enfants trop jeunes pour la crèche ; en fin de journée arrivaient ceux de la maternelle. Entre les goûters et la corvée de torchage, le brouhaha je l'entendais jusque dans ma chambre. Ça criait sans arrêt : pour manger, pour chier et même pour annoncer qu'on va crier. Quand les calmer devenait trop difficile, elle prononçait des jurons puis s'en repentait immédiatement.

D'autres arriveraient, m'apprit Chorba. Il m'expliqua que ma période d'essai étant finie – j'étais là depuis près d'un an et demi –, Khadija avait enfin obtenu son agrément lui permettant désormais de garder d'autres enfants de l'assistance.

Son affaire devait se conclure plus rapidement que prévu, à coups d'appel au déjeuner, que bien sûr j'écoutais, comprenant qu'elle trépignait d'avoir d'autres enfants à salaire fixe. Là encore, j'avais un rôle à jouer, elle me le demanda solennellement. « Quand Madame Davert va me ramener des garçons, tu sors quelques jouets et tu imagines que ce sont tes frères. Tu peux le faire, j'en suis sûre. » Contrairement à notre prise de contact où, de mémoire, j'avais senti qu'elle me désirait, elle fit cette fois-ci moins de chichis. La transaction se fit en une fois.

Madame Davert vint déposer deux enfants et discuta des modalités en s'empiffrant de pâtisseries arrosées de thé à la menthe. « Celui-là, Dimitri, ses parents nous l'ont expédié de Moldavie par bus. Et lui c'est Kumar, il a perdu ses parents au Bangladesh, enfin on n'est pas sûrs. » Sur le grand tapis, j'allai donc jouer au frère avec Dimitri que j'interrogeai. « Alors, tu viens de Chisinau ? Ou bien des Carpates ? » Continuant à se servir de son jouet, il ne me répondit rien et malgré mes relances son regard persistait dans le vide.

Les deux partageaient effectivement le défaut d'être retardés et j'entendis plusieurs fois Khadija se plaindre de son choix. Kumar ne s'intéressait qu'à l'islam et faisait des prières à n'en plus finir ; pour nous, pour ses parents et pour son pays. Dimitri, en revanche, réservait des surprises et des troubles psychiques. Ni cauchemar ni prière ; il expiait sa souffrance en cognant sa tête contre le sol, avec les cris qui vont avec. C'était récurrent, comme moi auparavant. J'avais été psychiatrique et peut-être que Khadija m'avait permis de me libérer du monstre de ma tête. Elle y arriverait avec Dimitri. Après tout, l'Aide sociale à l'enfance lui donnait des enfants pour cette raison.

Le souci immédiat demeurait l'école. Même eux y avaient droit. Le seul établissement adapté se trouvait à cheval sur Courseine et deux autres villes. Mais même cet institut Clemenceau, réputé comme une garderie à cas sociaux, ne semblait pas pressé de les accueillir. Khadija racontait tout ça à Radia la voisine, venue en observation. Elle voulait savoir si on pouvait les frapper. Son fils lui manquait peut-être, il était encore en prison.

Je tentais de partager mes émotions et ce que j'apprenais pour que Kumar et Dimitri s'y intéressent. J'en parlais le soir, au dîner. Mais personne n'écoutait et quand Chorba se joignait à nous, il me demandait de la fermer, me mettant des coups sous la table pour que je me taise.

La télévision arabe prenait alors le relais, on n'y comprenait rien à ces chaînes du satellite qui ne diffusaient que la guerre et des sourates coraniques. Parfois, comme au Maroc, les rots arrivaient, ceux des petits d'abord, auxquels Madame Khadija demandait plus de tenue : « On dit hamdoullah ! Remercie Dieu de t'avoir donné à manger ! Regarde et fais comme moi. » Puis elle se mettait à chercher ses rots et son hamdoullah. Et tous l'imitaient, y compris Chorba. Comme il était hors de question que je rote, on me reprochait de faire le Français. Pour ne pas continuer à voir ce spectacle, je débarrassais la table et m'en allais faire la vaisselle, en espérant que le collège arrive au plus vite. Notre vie familiale se résumait à cela.

On n'oublie pas sa condition d'enfant placé, surtout à Noël, probablement la chose qui me manquait le plus. Encore étourdi par mon changement de famille, je n'avais rien remarqué au précédent. Cette année, malgré le saumon dans l'assiette, je ressassais le sapin enguirlandé, les rivières de cadeaux de chez Tatie Nicole et Delphine, et surtout le rendez-vous chez le juge pour enfants, celui où j'aurais dû me rebeller. Alors, je me suis occupé de mon passé. D'abord j'ai ravivé les souvenirs, tous, ratissant large, très facilement. Puis j'ai promis de tout oublier.

Heureusement, je pus souffler de ce meurtre chez ma mère ; elle aimait bien Noël. Les vacances me permirent de m'y établir une dizaine de jours, loin de la garderie de Courseine.

Le froid, je le bravais pour discuter à la cabine avec Anaïs, je l'avais obtenu grâce à ma délégation. Au téléphone, la gêne et la timidité s'estompaient et laissaient place à de grands bavardages. Elle me parlait des nouvelles émissions de téléréalité qui lui plaisaient bien. Je comprenais enfin son ambition, faire de la musique dans un château. « Quand je serai majeure, je m'inscrirai. Ça existera encore, tu crois ? » Elle me posait des questions de ce genre, trop nombreuses pour la carte téléphonique dont les unités défilaient plus vite qu'un chronomètre. Pour tenir mon rôle et surtout l'entendre, je répondais oui à tout.

Ma mère, elle, lisait des magazines de stars, parus au trimestre ou au siècle dernier. Je ne sais pas si elle se rendait compte du temps tant elle vivait au ralenti. Ses lectures lui apportaient de la gaieté, surtout la princesse Lady Di. Elle me parlait souvent de sa mort : « Tu sais, je l'aimais vraiment, on était copines.

— Je sais, maman ! C'était y a longtemps, faut oublier.

— Quatre ans et demi, je m'en souviens. Viens voir. »

Là, elle sortait un article découpé avec une photo de Lady Di sur un bateau et une photo d'elle-même devant un bateau, une ancienne bien sûr. Lady Di c'est vrai qu'elle était belle, ma mère aussi ; ses seins semblaient plus gros.

« On était pareilles, des femmes libres », soupira-t-elle.

Dans un deux pièces on ne se cache pas éternellement et je finis donc par faire connaissance avec Régis. Pour me le faire accepter, ma mère rappela qu'il avait financé mon élection. Me souvenant de ses muscles, puisque je l'avais surpris nu ce jour-là, l'idée de le virer par moi-même disparut. Pour me forcer à le tolérer, elle m'expliqua qu'il sortait de prison et qu'on ne jetait pas les gens à la rue à Noël.

On partageait une chose avec Régis : il était aussi de l'assistance, de la DDASS, comme ça s'appelait à son époque. À quarante ans, il ne s'en était toujours pas remis. Ses problèmes venaient de là, surtout l'alcoolisme qu'il pratiquait devant nous, toujours à se servir de belles rasades de whisky. Quand il en abusait, il pleurait son passé et nous promettait de ne jamais nous abandonner. Ma pitié et les films que je lui proposais ne le consolaient guère. Seul le sommeil ne le faisait pas souffrir.

Il cherchait à me faire plaisir. « Joyeux Noël ! » dit-il en me tendant un bocal de foie gras sorti de l'un de ses nombreux sacs, remplis de denrées festives qu'il vida sur la table. On commença sans ma mère. Tandis qu'on se gavait, il partagea son secret. « Je fais des chèques en bois ! Dans les magasins, j'achète ce que je veux et je paie avec ! Ensuite je vais déclarer mon chéquier volé. Ni vu ni connu ! » Je lui demandai si c'était grave.

« On s'en fout, y a aucun risque. Tiens, bois du champagne ! C'est Noël ! » Je l'ai bu son champagne. Ça pétille et monte aux narines comme la moutarde de Dijon. Après cette découverte, on regarde son verre et on s'égaye du mystère de ces bulles sorties de nulle part qui remontent à la surface pour y mourir. Ça m'a fait dix minutes. Puis j'ai pensé aux chèques.

Lorsque ma mère arriva, Régis l'accueillit d'un « Ma chérie ! ». Que lui voulait-il encore ? Je sautai dessus en premier pendant qu'elle se désencombrait d'autres sacs. « Surprise, mon fils ! » me dit-elle, très fière. Y avait autre chose que ma presse. Des vêtements, ceux des faux chèques. Mais elle s'était trompée dans ses achats, le pantalon et les deux pulls ne me plaisaient pas. « C'est gentil mais c'est pas mon style. » En changeant de magasin, peut-être que je pouvais redevenir heureux. J'ai proposé d'utiliser le chéquier dans les boutiques américaines, au fond, les seules qui nous comprenaient.

« Ça marchera pas chez les Américains, j'ai déjà essayé, dit Régis. C'est trop de risques. Mais ils sont bien ces vêtements », tenta-t-il, en me les montrant de nouveau comme un vendeur du marché.

Alors qu'il entamait une deuxième bouteille, il éructa : « J'avais oublié ! Tu peux te les faire rembourser ! T'as deux semaines ! Mais fais attention ! Si ça chipote, tu pars en courant ! » Refait par cette nouvelle, j'inspectai les étiquettes et calculai les prix, salivant en pensant à la paire de baskets que j'allais acheter. Elle valait bien que je laisse ma mère à Régis. Les mains soudées au sac, j'ai filé en direction de la basilique de Saint-Denis, d'où venaient les vêtements. Je la connaissais, j'aimais bien ce cimetière à rois de France aux beaux vitraux multicolores. J'y avais déjà prié.

Dans le tramway, des gens fatigués surveillaient également leurs sacs bleu et rose, remplis de fruits et de viande. Je devais être le plus riche ce jour-là. Par la vitre, je reconnus le bureau social chargé de ma mère, celui où travaillait son tuteur, Monsieur Guénard. Bien que ce fût un samedi, j'eus peur de le croiser, qu'il me dévisage et devine ce que l'on faisait de nos vacances : conspirer méthodiquement contre ses conseils.

À la station, je me suis engouffré dans le petit centre commercial, un dédale de magasins de camelotes et de vêtements tenus par des Pakistanais et des Arabes.

Mon estomac digérait le foie gras et le champagne. Je n'avais jamais rien connu de tel, c'était inédit, pire que pour

Anaïs. Plus l'entrée approchait, plus la panique augmentait. Les avertissements de Régis résonnaient et la peur du voleur me frappait. « Faux chèques ! Tu cours au cas où ! », je n'entendais plus que ça devant le magasin qui me parut alors successivement une prison et un commissariat. *Le Parisien* m'attendait, ravi de me recenser en voleur, un de plus. Tatie Nicole, elle en dirait quoi ? Et Madame Davert ? Tout le monde me laisserait, sauf ma mère. Elle avait de l'expérience là-dedans, je l'avais vue faire.

À trop m'imaginer dans ces lieux hostiles, les vêtements me semblèrent subitement si beaux que je me persuadai de les garder. Pour retrouver mes esprits, j'allai m'asseoir sur la pierre gelée d'un muret. Une dame passa devant moi et s'inquiéta : « Qu'est-ce que tu as mon fils ?

— J'ai besoin d'aide !

— Tu veux que je te montre le chemin de la mosquée ?

— Non, je préfère la basilique !

— Basilique ? Mais c'est ici Basilique.

— L'église ! »

Son visage changea et elle disparut. L'heure tournait, je devais tenter.

Pour un samedi de vacances, y avait pas foule ; peut-être que les prix étaient trop élevés pour les gens du coin. L'inactivité du magasin constituait une bonne raison pour ne pas me rembourser ou me donner au directeur et à la police. Au comptoir, derrière le rayon à vélos, deux femmes étaient présentes, et souriantes. L'une était blonde aux cheveux très longs et l'autre, brune, avait les siens tirés. Les lèvres des deux brillaient de paillettes, fantaisie du moment.

« Bonjour, je dois vous rendre mes vêtements, j'ai bafouillé.

— Qu'est-ce qui ne va pas ? La taille ? Nous pouvons la changer si vous souhaitez », commenta la blonde.

Je n'avais pas envisagé d'excuse.

« Si ce n'est pas la taille, c'est la couleur ?

— Non, c'est que, c'est que je les ai déjà. Oui ! Je les aime beaucoup. J'avais oublié de le dire à ma mère et elle les a achetés dans un autre magasin.

— Vous avez bien de la chance. C'est vrai qu'ils sont beaux ! Ils viennent de quel magasin ? Celui de Drancy ?

— Je sais pas du tout, je sais pas…

— Revenez avec votre mère pour qu'elle nous explique mieux. »

La curiosité de la brune commençant à vaincre mon mensonge, je devais trouver une issue, avant de tout perdre.

« Je peux pas, je dois vous avouer quelque chose, je suis de l'assistance ! Ma mère m'a abandonné. J'habite pas avec elle mais chez des gens, chez une autre mère. »

D'un coup, elles se confondirent en excuses et les yeux de la blonde brillèrent autant que ses lèvres.

« C'est comme ça que je suis né. »

Elles ne remarquaient pas les clients qui entraient enfin. La brune scanna les étiquettes puis prépara les billets, lisses et neufs, comme je n'en avais jamais eu. D'ailleurs personne n'en avait jamais eu. C'était la nouvelle monnaie. « Ils sont tellement beaux, les euros, ils contiennent tellement de francs », me dit-elle en me les donnant. Devais-je les remercier de m'enrichir ? Leur acheter un maillot de foot ou un ballon me traversa l'esprit mais en prenant la liasse, comprenant ma réussite définitive, je fis des simagrées pour renforcer mon histoire et conserver leur état compatissant. J'apprenais.

Doté d'une nouvelle richesse, je courus au magasin du miracle, celui de l'Amérique. Comme tous, j'avais subi un choc commercial et rêvais nuit et jour d'avoir à mes pieds leurs nouvelles baskets futuristes, les plus belles jamais créées, les plus chères aussi. Dans les mille francs. Une tentative avait déjà échoué auprès de Khadija.

Mimant une humeur déterminée, arrivé avant la fermeture, je commandai en quelques secondes mes nouveaux pieds tant fantasmés. L'émotion du désir exaucé m'enchanta mais le vendeur insista pour m'escorter à la caisse. Autant d'argent pour des baskets le méritait bien. Une proposition d'achat d'accessoires me fut faite. Je refusai. Le vendeur me demanda si je voulais mettre ma nouvelle paire. « Non, non, c'est trop voyant ! Je risque de me faire détrousser par des voyous de grand chemin ! Ils doivent rôder à cette heure-ci.

— Pas du tout !

— C'est ce que j'ai lu dans le journal.

— Faut pas les croire. Mais vous faites comme vous voulez, le client est roi chez nous ! »

À l'arrêt du tramway, la foule de pointe attendait une rame qui n'arrivait pas. Je pris le parti de la marche, décision dangereuse puisque maintenant j'avançais en zone hostile dans la nuit bien installée. Mon cœur palpitait de ce trésor à protéger.

Pour Madame Khadija, une semaine chez ma mère n'était synonyme que d'une chose, la cigarette dont l'odeur persistait malgré le lavage de mes vêtements. En rentrant j'en étais imprégné, embaumé même. « Ça pue la cigarette ! Encore ! C'est quoi ça ? » demanda-t-elle furieuse, le bocal de foie gras dans les mains.

« C'est pour vous ! C'est de la part de ma mère.
— On mange pas ça, nous ! »

Puis elle loucha sur mes pieds « Elles sont où les baskets que je t'ai achetées ?

— Je les rapporterai la prochaine fois, j'avais plus de place ! C'est mon cadeau, elles sont belles !

— Avec quel argent elle a acheté ça ? Elle a épousé un prince ? Elle travaille ?

— Je sais pas.

— Ils vont me demander les mêmes, les autres, à cause de toi ! Tu crois que l'argent de l'assistance, ça suffit ? T'es un malin, Skander. T'es très malin même. Fais attention, si tu continues comme ça, tu vas mal finir. Et ta mère ? Elle a pas honte ? »

Après les vacances de Noël, rien n'arrive plus vite que celles de février. La mairie de Courseine nous emmena faire du ski. Dans un car inconfortable, comme le sont tous les cars de France, nous prîmes l'autoroute en direction des montagnes de Suisse, encadrés par Sara et surtout Reda, le chef surveillant du collège. À côté de Lyon, le bus se vida de ses racailles, entrées comme un ouragan dans la station-service pour la dévaliser. C'était l'apéritif, puisque dès l'arrivée à la station, ils continuèrent. Ma chambre, partagée avec Mohamed et un dénommé Ramo, se transforma en dépôt de leur butin : couteaux, lunettes et friandises. Les Suisses allemands se mirent rapidement à nous haïr, déjà qu'ils nous méprisaient à distance, je le savais. En tant que protestants, ils n'aimaient pas les Français, incapables de dompter leur paresse. Eux avaient Calvin, prophète apparu à Genève, la fausse capitale du pays. Alors, quand nos voleurs abusaient, ils nous disaient de rentrer chez nous, loin de leur paradis. En deux jours les boutiques de la station nous furent interdites.

À cause des autres, je pris ensuite le chemin du désastre. Leur volonté me fit dériver vers des péripéties calamiteuses. Probablement impressionnée par mes baskets, Anaïs se rapprochait de moi et lançait enfin des rumeurs sur ses sentiments à mon égard. Les miens changeaient ; l'amour se transformait en peur. Je passais mon temps à l'esquiver, transpirant à l'idée qu'on se mette en couple. Reda s'en mêla, son rôle d'animateur ne lui suffisait pas. Il se mit à jouer à l'intermédiaire et nous engrenait à hâter la chose. Il voulait que je devienne un homme et me piégea en nous enfermant dans une chambre.

Encore en tenue de ski, je trouvai Anaïs assise, à l'aise et jolie, me regardant faire les cent pas. « Au téléphone tu me parles pendant des heures et quand je te vois tu as peur. Je vais pas t'attendre toute ma vie ! Si tu m'embrasses pas, c'est fini ! » Pourquoi voulait-elle brûler les étapes ? On avait du temps pour s'embrasser et d'ailleurs je ne savais pas pourquoi je devais le faire. Sortir avec une fille demandait trop d'efforts. J'étais encore un faible, et l'idée qu'on me maltraite devant elle m'empêchait d'envisager notre couple.

Elle se rapprocha, pas pour me réconforter. « Mais, Skander, tu transpires ! Un peu de courage ! T'aimes les hommes ? » Entendre ça fut pire que tout, alors j'y suis allé à sa bouche, en apnée. Mon premier vrai baiser m'avait déçu, je préférais ceux de ma mère.

Le lendemain, une rumeur courait, Anaïs se plaignait que je lui avais craché dans la glotte. N'en sachant rien, j'ai fini par y croire et trouvais normal qu'on m'appelle le cracheur.

Pour oublier, le ski c'est l'idéal. On part tôt et on ne s'arrête plus de monter et descendre. C'est la grande vitesse qu'on cherche en dévalant les montagnes. Et puis ça fatigue. Un après-midi, avec mes camarades de chambre, nous allions vers le Dom, la plus haute montagne de Suisse, perchée à plus de quatre mille mètres. Je tentais d'expliquer à Ramo la géographie alentour : « Je crois que c'est le mont Blanc, tu connais ? » Je n'en étais pas sûr mais depuis que j'allais au ski, on me disait toujours : « Regarde, c'est le mont Blanc. » Donc je gardais l'idée que, peu importe sa position, on réussissait toujours à distinguer cette tour Eiffel des Alpes. « Ferme-la, cracheur ! » fut sa réponse.

Les tire-fesses et téléphériques nous hissaient vers le Dom, aussi froid que blanc, comme Anaïs. Le dernier œuf avant notre cible fut partagé avec un homme, un vrai adulte. Je fus le seul à lui rendre son hello ; les deux autres se débridaient au cannabis et à l'alcool ; un nuage de fumée ferrailleux et poisseux vainquit définitivement la pureté alpine.

La drogue, on n'a pas besoin d'être juge pour savoir qu'il ne faut pas y toucher. Ma mère et Régis, par exemple, ça ne leur réussissait pas, mais ici comme ailleurs, je n'étais maître de rien. Les invitations de Ramo se transformèrent en ordres menaçants. « Crapote pas, baltringue ! Tu recraches trop vite la fumée, faut que ça rentre dans tes poumons. Regarde bien ! » Tout concentré, il inspira trois bouffées puis recracha une fumée, filtrée, claire et légère. Alors j'ai tiré sur sa torche, inspirant fort. Mes poumons le sentirent et mes sensations innovèrent. « C'est chaud ! Ramo ! Il se passe un truc !

— Raconte pas ta vie ! »

J'essayais de garder mon calme mais les montagnes avaient disparu, transformées en volcans en fusion dont la neige devint lave. Des projections de pierre noire agitaient la cabine tandis que la vallée rugissante me faisait suffoquer. C'était grandiose, comme dans les livres d'Haroun Tazieff. Je n'eus pas le temps d'exploiter ce souvenir que vinrent à moi les fantômes de Nicole, Delphine et Jessica. Elles me parlaient mais je n'arrivais pas à leur répondre. « Vous m'avez abandonné ! Deux fois !

— Mais ferme-la ! » répondit Ramo.

Eux faisaient des grimaces plus inquiétantes que celles des volcans-montagnes. « Eh, vomis pas ! dit Ramo. Déshabille-toi, trou du cul !

— Non, non, je veux pas me mettre tout nu ! Je fais plus ça ! »

Ramo m'attrapa, ouvrit ma doudoune et enleva mon bonnet et mon masque.

Un bourdonnement subsistait mais l'enfer s'était éteint, le filtre du masque m'avait joué des tours hallucinogènes. Le touriste était encore là, bien réel, mais son teint avait rougi, il étouffait et se leva pour ouvrir la fenêtre d'aération. « *Hot ! Hot !* »

Ramo prit son bâton et frappa ses doigts. « Touche pas, bâtard, il caille ! » Il fixa Mohamed ; un sourire inquiétant et réciproque, mis en valeur par leurs masques, se dessina. En chœur ils chantèrent « Un, deux, trois ! Coups de bâton ! », abattant effectivement leur bâton sur le monsieur qui remuait, tout en parlant en allemand ou en balkanique : « *Frantzouz ! Frantzouzich !* » Le mot était marrant. Je le répétais en rigolant : « *Frantzouz !* »

À la quatrième tournée, Ramo m'invita enfin à les imiter. Sans savoir pourquoi, je m'exécutai. D'abord au torse, doucement. Puis de plus en plus fort. « *Frantzouzich, stop ! Stop !* » On l'accabla encore une fois mais la pointe d'un bâton lui ouvrit l'arcade sourcilière. « *Aïe ! Stop ! Please ! Frantzouzich ! Please !* » supplia-t-il.

Instinctivement, les deux refermèrent leurs manteaux et disparurent sous leur équipement de montagne. Je dus subir le regard de martyre de ce Monsieur Frantzouz. La blessure était heureusement plus humiliante que profonde. Comme j'avais un mouchoir, je le lui tendis. Il me l'arracha des mains en maugréant. Ramo leva alors son bâton pour le menacer.

Le trajet qui m'avait paru durer une heure s'interrompit enfin. Frantzouz sortit le premier et retrouva sa femme et ses deux filles qui l'attendaient sur la plaine d'arrivée.

Le vent soufflait fort mais le soleil brillait. Nous étions montés bien haut, au maximum. Si on ne pouvait pas atteindre le Dom, point culminant, on ne distinguait plus notre station, mélangée qu'elle était au milieu d'autres hameaux. Nous skiâmes, tantôt sur plaine, tantôt tout schuss. Des sapins balisaient les pistes et le silence de la descente favorisant la réflexion, je repensais à la cabine et à mes actes. J'avais frappé un innocent.

Au chalet, pour ne pas penser encore plus qu'à l'accoutumée, car je ressentais bien que je ne m'arrêtais plus de le faire, j'embarquai dans ma chambre un livre sur la Suisse. La concentration était difficile mais j'appris tout de même que Zurich abritait les sièges des organisations de football européen et mondial. Après les pages sur les Nations unies de Genève, Reda entra. Il s'approcha, sa chaîne grains de café argentés scintillait.

« Il est bien beau ton bijou, tu l'as volé dans la station ?

— Qu'est-ce que tu baves ? C'est quoi ton délire ? Et ces yeux rouges ? » Avec son pouce et son index il m'ouvrit le droit.

« Me le crève pas ! J'en ai besoin pour lire !

— T'as fumé ? »

Effectivement, je m'étais drogué.

« Faut que tu me suives, on a un problème. Y a un daron en bas qui se plaint qu'on l'a frappé. Il reconnaît personne mais il manque plus que toi. Il est avec un policier.

— Il va m'arrêter ?

— C'est toi ? T'étais avec qui ? »

Une des règles qu'on n'oublie pas lorsqu'on regarde des films sur la mafia, et Chorba m'y avait initié, consistait à ne jamais dénoncer ses complices.

« Oh ! T'étais avec qui ? À moi tu peux le dire. »

Il est vrai que Reda, tout animateur qu'il était, avait des côtés bien louches, et son rôle de coordinateur des zoulous de Courseine le rendait digne de confiance. J'avouai donc.

« Écoute, il a pas reconnu leur pipe. Tu balances pas. T'entends bien ? Sinon t'es dans la merde pour dix ans. »

Quand au bout de cinq étages on sait que la police nous attend, on y va doucement. Je traînais pendant que Reda me rassurait. Il ne savait pas si j'allais me sauver, ni ce qu'on me réserverait. Peut-être la peine de mort ? Dans les films américains, c'est par chaise électrique qu'on punit les bandits. Le condamné, entouré de fils de fer et coiffé d'une timbale de cuivre, se met alors à bouger dans tous les sens jusqu'à ce qu'il s'éteigne, le corps fumant. L'égorgement barbare, comme un mouton ou un ennemi d'Highlander, m'apparut irréaliste, même si la foule hargneuse l'avait demandé pour le roi

Louis XVI. Grâce à la guillotine on était libres, nous avait dit Madame Degrand. Mais les Suisses, avec leur si beau pays, devaient avoir d'autres méthodes, plus civilisées, pour se débarrasser de leurs parasites. Un enterrement dans un glacier loin des humains m'allait bien. À un étage de l'arrivée, j'ai dû accepter mon sort. « Reda, avant de mourir, je veux qu'on me laisse faire un dernier exposé.

— Qu'est-ce que tu racontes ! Pense à un truc qui te fait plaisir. T'aimes quoi ?

— L'Histoire et la bouche de ma mère. »

D'une face éberluée, celle avec laquelle on m'avait trop de fois dévisagé, il me conseilla : « T'es un grand malade. Imagine que t'es le roi d'Espagne si ça te plaît. Pour les meufs, Anaïs ça m'a l'air mort alors tu penses à Sara, elle est quand même bonne. Dernière chose : parle plus jamais de la bouche de ta mère ! Sale fou, va ! »

Sara, c'était la monitrice, celle qui nous disait de ne pas dormir sur le ventre pour éviter que le diable rentre par nos fesses.

Dans le salon du chalet, toute la colonie me faisait face ; l'Évangile selon Reda s'avéra juste. « Faut assumer. » Il me lâchait. Quand ils comprirent que j'étais le principal suspect, mes supposés camarades, au lieu de me remercier d'endosser ce rôle, hurlèrent : « Cracheur ! Cracheur ! » Anaïs semblait me haïr et le feu de cheminée qui crépitait me rappela que certaines civilisations barbares brûlaient leurs hommes.

Un policier à casquette polaire se présenta : « Bonsoir, brigadier Ponant, la police du canton m'a confié l'enquête concernant l'agression survenue ce matin, dans l'œuf qui se dirigeait vers le Dom. »

Sur la gauche, à l'écart, je reconnus Monsieur Frantzouz qui, malgré son arcade abîmée, avait l'air bien portant comme en attestait sa panse enrobée d'un pull rouge. Ses yeux percèrent les miens et devinèrent. « *You ! You ! Frantzouzen ! Frantzouz !* » Son sourire d'ahuri avait disparu et en le voyant me désigner à la vindicte, je regrettais de ne pas l'avoir frappé plus fort. Il se précipita vers le policier, qui ne cessait de hocher la tête, semblant prévoir mon futur. Il fallait penser à mes passions, pour oublier. Aussi, en fixant Sara, je tentais d'abandonner ce cauchemar. « Il a le barreau, le bâtard ! Anaïs, va le branler ! » Même Reda rigola à la blague de Mohamed. Anaïs me haïssait pour de bon désormais. « Mohamed, ferme ta putain de gueule ! » ordonna Reda.

Le brigadier Ponant s'approcha mieux, pour m'inspecter. Il n'était pas très grand, encore moins crédible. Avant qu'il ne dise quelque chose, un cri revenu des décombres du Saint-Empire germanique surgit : « *Muhammad ! Muhammad !* » Frantzouz, dirigé par un insatiable désir de vengeance, me pointa et répéta : « *Muhammad ! Muhammad. You and Muhammad !* » L'enquête de Ponant avançait à merveille, j'étais cuit.

« Monsieur Reda, écoutez, notre principal suspect était manifestement accompagné d'un dénommé Mohamed. Vous venez de citer ce patronyme, pouvez-vous m'indiquer quel enfant le porte ? » Reda, qui aurait mieux fait de se taire, coopéra. « Bien sûr, brigadier. Mohamed, venez là. » Et les deux Mohamed s'approchèrent. « Les voilà, brigadier. Mohamed et Mohamed. » L'autre Mohamed, que je ne connaissais pas avant le ski, était discret, probablement obligé à cela par sa naissance malchanceuse, qui lui avait donné une tête drôlement équivoque et d'épais sourcils circonflexes soulignant des yeux globuleux.

Frantzouz, déboussolé, ne reconnut pas son prophète.

« Pourquoi j'ai deux Mohamed ? C'est une blague, Monsieur Reda ?

— Pas du tout, brigadier ! C'est un prénom populaire chez nous, comme François.

— François ! François ! » répétèrent les autres. Cet

espoir de nouveau bordel se dissipa, on avait retardé l'interrogatoire au maximum. Ponant m'interpella alors, solennellement. « Skander, c'est bien ça ? Vous avez été formellement reconnu, votre présence dans l'œuf est acquise et vous ne semblez pas la contester. Donnez-moi maintenant l'identité de vos complices.

— Écoutez, Monsieur Ponant, je me souviens pas, j'étais pas dans mon état normal. J'ai honte de le dire mais j'ai fumé de la drogue ce matin !

— Mais vous êtes tous des malfrats dans ce groupe ? »

Ça rigolait encore, c'était mieux que le théâtre.

« On va reconstituer la scène, apportez vos combinaisons ! J'ai tout mon temps. » Les vêtements de ski ayant tous l'air de sortir de la même boutique, lorsque les Mohamed s'habillèrent, ce fut pire. « *Ein Muhammad ! Nicht zwei ! Nicht ! One Muhammad !* » maugréait Frantzouz dans sa langue pas belle. Le gentil Mohamed commençait à se plaindre de suffoquer sous sa combinaison. Mal lui en prit, on l'agonit d'insultes.

« Monsieur Reda, vous connaissez bien les enfants dont vous avez la garde, j'imagine. À votre avis, qui aurait pu commettre un tel acte ? » Pendant ce temps, le brigadier parla à Frantzouz : « *Wer Mohamed ! Wer ?* » « Comment ça *where* ? demanda Sara qui parla enfin. Il est sûr qu'il y avait un Mohamed ?

— *Wer* veut dire "lequel" en allemand », précisa Ponant.

Tout le monde cria : « *Wer Mohamed ! Wer Mohamed !* » et Frantzouz répétait : « *Muhammad ! Muhammad !* » pour faire plus de bruit.

« Hitler, arrête avec ton Muhammad ! tu m'as pris pour un Pakistanais ou quoi ? C'est Mohamed, sale bâtard !

— *Hitler ? Scheisse ! Hitler ! Frantzouz ! Scheisse !* »

À ce moment, je ne savais plus trop où j'en étais niveau cannabis alors je me suis promené dans mon imagination. Le voyage furtif de ma caravelle des mers s'interrompit. « Nique ta mère, Hitler ! » j'entendis. Frantzouz redevint fou. « Ramo ! Ferme ta gueule ! Pardon, brigadier, mais certains ne comprennent que ça.

— *Ramo ? Ramo ? Ja Ramo ! Ramo ! Muhammad !* »
Frantzouz avait enfin découvert notre trio et d'un air victorieux, il en informa Ponant.

« Brigadier Ponant, je m'appelle Sara Amli et j'accompagne ce groupe sous l'autorité de Reda. Je suis étudiante en droit et vous ne pourrez contester que l'accusateur a déclaré ne reconnaître aucun de ses agresseurs présumés. À part Skander. » Au-delà de sa beauté, elle parlait bien, ça devait lui venir de ses études. On disait d'ailleurs qu'elle avait mis quelques râteaux à Reda.

« Oui, Madame Amli, je comprends ce que vous dites, mais le pauvre homme agressé par Skander a entendu Ramo de la bouche de Monsieur Reda.

— Mais non, brigadier, il a dit Omar ! rétorqua-t-elle.

— Montrez-moi ses papiers, s'il vous plaît, Sara. »
Ponant commençait à l'aimer.

On lui montra et le brigadier dut constater l'évidence, Ramo n'était pas référencé en tant que tel à l'état civil.

« Pourquoi Monsieur Reda a-t-il donc dit Ramo ?

— Brigadier, comment peut-on faire confiance à un étranger pour maîtriser les prénoms français alors que vous qui êtes francophone n'en êtes même pas capable ?

— Mais vous allez arrêter de me prendre pour un Belge ! s'énerva Ponant. Des coups et blessures ont été infligés, un certificat médical et des points de suture l'attestent ! »

Bien que Sara m'ait donné, Frantzouz, tout en tapant sur sa montre, ruminait. Il cherchait des choses dans la poche de sa veste. Peut-être ce magnifique couteau, celui avec le drapeau suisse. Quelqu'un cria : « Il sort un couteau ! »

Dépassé, Ponant sortit lui aussi une arme et braqua Frantzouz. Là, même les plus courageux de la colonie se mirent à paniquer et les filles pleuraient. « *Please, Frantzouz ! Please ! Freedom ! This is good ! Sorry, Frantzouz ! Sorry !* » j'ai supplié, le regardant de telle façon qu'il se rappelle ce matin, quand on faisait encore connaissance.

J'eus une révélation, j'étais délégué et coupable, je devais assumer et puis j'avais assez vécu. « Brigadier, c'est mon jour, c'est mon tour ! Tirez-moi dessus ! Je prends mes responsabilités ! Dites à ma mère… » Reda me coupa : « Skander ! Casse-toi et ferme-la ! » Ma manœuvre et les balles que Ponant s'apprêtait à tirer calmèrent enfin Frantzouz, qui remit le couteau dans sa veste. « Stop ! Ça suffit tout ce cirque ! » dit le brigadier. Il dégagea Frantzouz qui s'exécuta. « Madame Sara, Monsieur Reda, venez, j'ai à vous parler ! »

On se reposa au balcon du second étage, où je refusais de refumer, regardant la nuit éclairer les montagnes. « C'est bien, t'as pas balancé. Prends ça avant que je change d'avis, tu l'as mérité. » Ramo avait fait les poches de Frantzouz et me tendit son couteau que j'inspectais en tirant toutes ses lames. J'étais content, même si je savais que ça ne servait qu'aux scouts. En primaire, j'avais demandé qu'on m'y inscrive, mais seuls les Français pouvaient l'être.

Le lendemain, Ponant revint au chalet.

« Nous avons trouvé une solution, vous ne serez pas mis aux arrêts mais vous allez devoir quitter notre confédération dans la journée. Nous ne pouvons nous permettre d'abriter des éléments troublant l'ordre public. Estimez-vous heureux que Monsieur Klersky ait retiré sa plainte.

— Klersky ?

— Celui que vous avez frappé hier. Ne faites pas l'innocent !

— Ah, Frantzouz ! »

Reda venu à mon chevet, je tentai d'éviter le pire. « C'est mort pour toi, je peux rien faire. Monsieur Lombard, le directeur, arrive dans une heure et tu vas rentrer avec lui. »

Si je ne connaissais pas Monsieur Lombard, lui semblait bien informé. « Tu sais que j'ai halluciné quand j'ai appris que c'était toi ? Tu n'es pas censé être premier et délégué de ta classe ? On m'en a fait des scènes, mais là, ça dépasse l'entendement. Je venais pour skier, pas pour te rapatrier !

— Je veux rester, Monsieur Lombard. Pardon. Il reste deux jours, ça sert à quoi ?

— C'est trop tard, je me doute bien que ce n'était peut-être pas ton initiative mais ça ne change rien. J'ai dû réveiller le maire de Courseine en pleine nuit ! Tu te rends compte ? On entretenait d'excellentes relations avec le canton de Valais ! Ça fait des années qu'on essaye de mélanger les quartiers de la ville, et tu fiches tout en l'air avec tes manières de caïd. Les familles vont être furieuses ! »

Il y tenait tellement que nous rentrâmes en première classe du train grande vitesse. En face de moi, Monsieur

Lombard rédigeait son rapport d'incident. « Le maire m'a demandé d'être exemplaire avec toi. Ton comportement a causé de sacrés dégâts. La ville ne portera pas plainte mais les vacances avec nous, c'est fini. C'est comme ça, j'en suis désolé.

— Je peux demander au maire de me gracier, vous pensez ?

— Mais réveille-toi ! Tu es sur liste rouge désormais !

— Monsieur Lombard, c'était qui ce Monsieur Klersky ?

— Un diplomate russo-allemand.

— Mais Frantzouz ça veut dire quoi ?

— Français ! »

Si l'on m'avait dit qu'un jour je serais expulsé de Suisse, je n'y aurais jamais cru. Le train allait trop vite, je me voyais déjà à Courseine. Si seulement on pouvait ne pas s'y arrêter ; atteindre l'Angleterre par exemple. Là-bas, je me ferais oublier.

Se défendre s'avéra difficile, surtout face à la directrice de l'assistance, Madame Baer, la cheffe de Madame Davert, que je voyais d'ordinaire pour les bonnes nouvelles. Heureusement, ma consommation de drogue ne fut pas mentionnée dans le rapport de Lombard. Mon interdiction de vacances se trouva confirmée jusqu'à nouvel ordre. « Vous avez raison, je ne les mérite plus. » Elle attendait que je le dise. Sans lutter, je le fis.

Khadija, quant à elle, me reprocha de mettre en danger son statut et craignait qu'on la tienne pour responsable de mes actes. L'idée qu'on lui retire son agrément la tourmentait, elle disait que ça serait ma faute. Elle se résigna même à arrêter la garderie, refilant temporairement les enfants à Radia, la voisine, ravie de prendre enfin sa part.

Pour la calmer, je l'aidais, emmenant Dimitri et Kumar chez les coiffeurs tamouls, à la porte Saint-Denis, au milieu de Paris, non sans me fatiguer à les surveiller pour éviter qu'ils ne se jettent sous les rails ou disparaissent. Je proposais également mes compétences aux devoirs. On essayait encore de les alphabétiser dans les classes SES de Clemenceau, celles qu'on appelait « sections pour enfants sauvages », pires que les SEGPA. Dimitri en était encore à déchiffrer les lettres. Il découvrait.

La méthode de Chorba consistait à les lobotomiser. Plus riche que d'habitude, il avait une console. Déjà qu'on regardait trop la télévision, on s'enivrait désormais de la magie des jeux vidéo, jusqu'à ne plus se rendre compte des journées et bientôt des saisons. Madame Davert venait plus souvent nous rendre visite depuis mes problèmes. Le rendez-vous durait une heure, pendant laquelle elle racontait surtout son travail. L'abandon d'enfants tournait à plein régime. « Nous avons de la chance de vous avoir, Khadija. Vous ne vous rendez pas compte de ce qui nous arrive, nous sommes submergées. On nous laisse des enfants… Parfois on doute qu'ils le soient vraiment. Sans papiers, sans famille… Ce matin on m'a envoyé un petit du Togo, on me dit qu'il a treize ans, il est plus grand que mon fils à l'université… »

Ensuite les petits, en manque d'écrans, devenaient turbulents. Toutes les pâtisseries offertes à Madame Davert ne suffisaient pas à dissimuler leur dépendance. La malédiction de l'ASE ne pouvait être plus belle que durant ces moments.

Le grand événement que beaucoup redoutaient approchait. Quand la date du conseil de classe fut donnée, la peur aidant, les fumistes pensaient enfin à se sauver, telle la cigale de La Fontaine. Contrairement à la fourmi, je devais les aider, au moins en leur donnant de l'espoir. Tous ne vinrent pas, les Français par exemple, efficaces et silencieux. Farcis de bonnes notes, de latin et d'allemand, on les voyait de moins en moins.

Anaïs, timide, avait besoin de moi. « Skander, je veux un encouragement. Mon père sera content si je l'ai. Tu peux faire ça pour moi ?

— Tu as eu des bonnes notes ?

— Une ou deux, en français.

— Je veux bien te défendre mais j'ai l'impression que tu comprends pas ce qu'on fait en cours, dis-je sans réfléchir.

— Mais si ! Tu m'as prise pour une débile ? J'aurais pas dû voter pour toi ! »

Juvénal, complexé par ses sœurs, sérieuses et appliquées, vint en dernier. Il me l'avait d'ailleurs présentée, sa famille, dont manquait le père, mort dans une bataille en Afrique. Je tentais de le conseiller dans mon bureau éphémère. « Il faut faire des promesses ! Commence par les devoirs, c'est pas difficile. Quelques heures la semaine et le week-end. Viens à l'étude ! Ça te fera du bien. Faut que t'arrêtes de traîner avec Mohamed, il t'influence.

— J'y arrive pas, pourtant j'essaye. Moi c'est le sport, l'école c'est pas pour moi. »

Il avait raison.

C'est au bout de deux week-ends sans ma mère que je me suis décidé à prendre les choses en main. On me disait qu'elle se reposait dans une maison à la campagne, justification qui me parut étrange puisque sans travail ni activité, elle ne faisait que ça, se reposer.

En ouvrant chez elle, je dus me rendre à l'évidence, elle n'était pas dans son appartement où régnait le bordel. Je suis allé au bar du bout de sa rue, là où j'achetais mes journaux. J'entrai par l'autre porte, celle de l'alcool. Dans l'établissement, triste comme toute cette ville, le silence commandait la soirée. Aucune musique n'accompagnait les ivrognes mutiques qui ne se retournèrent même pas, tant ils semblaient chercher je ne sais quoi dans le jaune de leur bière. Ils étaient bizarres, à regarder leur verre comme on regarde la télévision. Le comptoir était tenu par un homme, blanc des cheveux à la barbe, le menton en galoche, les traits durs. Il me héla : « C'est interdit d'être ici à ton âge ! Sors !

— Je cherche ma mère, vous pouvez m'aider, s'il vous plaît ?

— C'est qui ?

— Nora ! »

Là, son humeur devint encore plus mauvaise, il grommela quelque chose d'inaudible puis me lança : « Elle me doit de l'argent ta mère !

— Elle boit de l'alcool ?

— Tu dégages !

— Mais elle est où ?

— À Fleury ! Allez, casse-toi ! »

Ne me sentant pas désiré, je le laissai à sa clientèle fatiguée. Énerver les Kabyles, elle savait y faire ma mère.

Quelques jours après, j'appelai fermement Madame Davert. « Je sais que ma mère est à Fleury, vous auriez pu me le dire, je veux aller la voir !

— Je suis désolée, Skander, vraiment désolée. On ne permet pas aux enfants de voir leurs parents en prison, attends qu'elle en sorte. Tu as raison, on aurait pu te prévenir. »

C'était donc ça, Fleury, une prison. Avec un nom aussi joli, j'imaginais pourtant une ville de bord de mer, en

Normandie par exemple. Plutôt que Fleury, ils auraient dû l'appeler Prison, Prison-la-Ville. Au moins on serait fixés.

J'imaginais les raisons pour lesquelles ma mère s'y trouvait ; les maudits chèques volés de Régis, ça ne pouvait être qu'eux les coupables. Seul avec ma tête remplie de noirceur, j'ai écrit à ma mère. Au fond, j'étais aussi en prison.

Maman,

J'ai appris que tu étais en prison. Pourquoi tu as fait des bêtises ? C'est à cause des chèques ? Régis m'avait prévenu que c'était dangereux. Si j'avais su je n'aurais pas accepté les vêtements. Mais bon, elles étaient belles les baskets. Il faudra que tu m'en rachètes quand même.

Je serais bien venu te voir mais j'ai vérifié sur le plan du RER, je n'ai pas trouvé Fleury. Pourtant j'ai bien regardé toutes les stations. Elle est où ta prison ? Tu penses que tu vas en sortir quand ? Personne ne me dit rien.

Je suis toujours chez Madame Khadija, c'est souvent difficile. Elle est bizarre et me parle toujours d'argent. Elle crie à cause de ça sinon ça va, on ne se parle pas.

Et sinon, je me suis fait expulser de Suisse. Je ne peux donc plus partir en vacances et ça m'ennuie beaucoup.

Ton fils qui t'aime.

PS : Tu penses que tu peux quand même m'envoyer de l'argent ?

Celle-ci, je l'apporterais avec moi pour le conseil de classe, j'allais demander qu'on m'aide, devant tous les professeurs. Depuis la Suisse, j'étais devenu un paria, mais cette lettre me protégerait.

Le jour du conseil, un cap fut franchi. Tous ceux que j'avais reçus étaient pétrifiés tels des moutons tentant d'éviter leur sacrifice. Quelques-uns trouvèrent la ressource nécessaire pour participer, croyant bien faire en lançant leurs mauvaises réponses habituelles comme des bouteilles à la mer. On baignait dans les lacunes.

Dans la salle d'études du collège, avec mes feuilles remplies des grandes et vaines espérances de mes camarades, je fus rejoint par le principal adjoint et les professeurs. Madame Degrand dirigeait les débats ; sa jupe moulante, sa chemise et ses talons ne rassuraient pas. Avec austérité, elle distribua félicitations et blâmes, de la même manière, comme si elle prononçait la peine capitale. J'écoutais et prenais des notes pour le compte rendu.

La professeure qui se plaignait plus que les autres assurait l'enseignement des mathématiques. Elle disait cauchemarder de Mohamed. Aveugle à la géométrie et sourd à l'algèbre, il lui faisait la misère et l'insultait souvent. On le soupçonnait même de lui avoir crevé les pneus de sa voiture.

« Toujours le même, toujours les mêmes », soupirait Madame Degrand à l'évocation des faits. « Écoutez, ma chère Agnès, continua-t-elle. On l'a déjà viré trois jours ce trimestre. À cet âge-là, on ne peut pas faire plus ! L'année prochaine, on l'enverra dans notre quota pour Clemenceau, ils se débrouilleront avec. Agnès, dit-elle, en enlevant ses lunettes, faites-vous respecter. Vraiment j'insiste. À ce rythme-là vous ne tiendrez jamais. C'est une vieille routarde de l'Éducation nationale qui vous le dit ! La démission ou la dépression, voilà ce qui vous attend ! » Au moment où l'on crut l'unanimité faite autour du cas de Mohamed, Madame Sanchez, la professeure de sport, tenta de prendre sa défense.

« Enfin, Dominique, ce n'est encore qu'un enfant. Comment oses-tu le condamner d'avance ? On m'avait prévenue mais je ne te savais pas si dure.

— Ma chère Liliane, j'ai commencé dans le Vercors il y a trente ans, j'en ai vu des élèves modèles. Dans cette classe j'en vois aussi, moins. Je comprends que tu doives justifier ton engagement syndical mais, de grâce, réserve ce genre d'interventions pour ta gazette anarchiste. On m'a aussi prévenue.

— Ça n'a rien à voir ! s'exclama Madame Sanchez.

— Et dans cinq ans, ça donnera quoi ? Les assises ? Parce qu'on s'y dirige, je ne te fais pas un dessin. Regarde notre pauvre Agnès, regarde à quel point il la traumatise. Désolée, mais moi, le réel, je le prends comme il est. Voyez notre délégué, s'emballa-t-elle en me regardant. Il a de l'avance partout. Sauf en musique, vous avez zéro, pourquoi d'ailleurs ? Donc, cette précocité je m'en délecte, c'est pour cela qu'on fait ce métier après tout. Mais Mohamed, c'est perdu ! Je maintiens donc ma proposition. »

Liliane Sanchez se tut et la professeure de mathématiques reprit des couleurs.

« La musique alors ? Oui, oui, c'est à vous que je parle ! »

Je n'avais pas envie de lui dire la vérité mais elle voulait sa réponse.

« Je vous ai posé une question ! La musique ?

— Alors en fait… En fait… C'est-à-dire que le bruit de la flûte ça… Ça énerve mon assistante maternelle, j'ai dit en repensant à ma flûte kidnappée par Madame Khadija.

— Ça ne fait de mal à personne pourtant. Vous n'écoutez pas de musique classique ?

— J'en connais une de la publicité pour les yaourts. J'écris ça dans le compte rendu ?

— Mais non, mais non, ne notez pas, malheureux ! reprit Madame Degrand. Monsieur Vacherol, dit-elle au musicien, je suis désolée mais au vu de la situation délicate de notre délégué, il vaut mieux ne pas régler ce problème. Jeune homme, si vous rêviez du conservatoire, faites-en le deuil. »

Elle triturait désormais ses lunettes, ça n'augurait rien de bon. « En revanche, vous êtes bien bavard et parfois fayot. Il faudrait apprendre à vous taire de temps à autre. Reposez votre imagination, rangez votre langue, et épargnez-nous vos questions rhétoriques et vos devinettes de capitales ! En deux mots, mesurez-vous ! D'ailleurs on va régler votre cas, je propose les félicitations, dit-elle en interrogeant l'assistance. Maintenant, parlons de la Suisse, vous n'y échapperez pas. »

Là, j'ai sorti la lettre à ma mère. C'était comme si on avait arrêté le temps. Puis on est passés à autre chose. Anaïs eut son encouragement, sans que j'intervienne. Un professeur précisa que son père avait parfois la main lourde. D'ici à ce qu'on arrive à la fin de la classe et au nom farfelu de Juvénal, je ne cessais de me répéter l'argumentaire que j'avais prévu. On y arriva.

« Il est sympathique, cet enfant, mais il a du mal, constata le professeur d'anglais. C'est terrible, surtout pour lui. »

Des commentaires du même genre s'enchaînaient.

« Messieurs les professeurs, Mesdames les professeures. Le cas de Juvénal, il est pas si désespéré que ça.

— On ne redouble pas le sujet. Continuez quand même…, m'attaqua Madame Degrand.

— Il a des lacunes mais il va s'améliorer. On en a parlé. Ses sœurs qui sont fortes à l'école vont l'aider. Pour qu'il suive leur chemin, je lui ai donné des conseils. Et puis son père a fait la guerre du Zaïre et son grand frère est en prison !

— De mieux en mieux, soupira Madame Degrand. Vous voyez, vous parlez trop ! Alors, dites-nous tout, vous lui avez conseillé quoi ?

— Il va s'inscrire à l'étude ! Si on lui donnait des encouragements ? dis-je en souriant pour les convaincre.

— Pourquoi pas la Légion d'honneur ? Au point où nous en sommes… Accordé. Vous qui semblez tout savoir, vous devez connaître la particularité d'un miracle, n'est-ce pas ? »

En miracle je n'y connaissais rien.

« Ça n'arrive qu'une fois !

— Nous avons fini ce conseil, déclara Madame Degrand. J'ai une dernière chose à dire : à force d'expliquer le monde, j'ai eu envie de le découvrir. Je pars après les fêtes de fin d'année, pour une mutation au lycée français de Beyrouth. Voilà. Ne soyez pas tristes, je vais au soleil. Cessez de gémir, Skander ! »

Madame Sanchez me raccompagna ensuite, bien tard. Contrairement à Madame Degrand, elle avait la fibre d'aider les pires.

« La prison Fleury, c'est où ? j'ai demandé.

— Tu as de la chance, je m'y connais en prison. À mes débuts, j'étais dans le communisme, tendance marxiste-léniniste ! La section de ma ville nous obligeait à donner un samedi par mois pour la cause. Je faisais la gym à Fresnes.

— Allez voir ma mère alors ! Elle est à Fleury. Ça lui fera du bien le sport. Vous pourrez lui donner cette lettre.

— C'est donc sérieux. Il faut que je la lise d'abord. »

Rien ne me serait donc épargné, ni l'embarras ni la pénibilité face à ceux qui se rassasiaient de mes secrets. Elle arracha le rabat sans vergogne et, toute concentrée, lisait mes lignes. « Tu ne peux pas l'envoyer ! C'est impossible ! Tu vas causer des problèmes à ta maman. Ce n'est pas ce que tu veux ?

— Au contraire, Madame, moi je l'aime.

— Je t'explique. En prison, tout ce qui entre ou sort est contrôlé. C'est le travail de l'administration pénitentiaire. Imagine que ta mère est en prison pour une autre raison que ces chèques dont tu parles. Après tout tu n'en sais rien. Eh bien là, tu lui causes des problèmes très graves en révélant cette affaire. Si c'est pour cette histoire, assez fraîche, tu la mets en difficulté. Elle n'est pas encore jugée. Ils prendront ta lettre comme élément de preuve. Tout ça de ta faute ! Le dernier problème, c'est que tu écris que tu as des problèmes chez toi. Ils peuvent le signaler et ça provoquera des choses plus pénibles. Je suis désolée mais le mieux c'est de ne rien envoyer.

— Dans les films américains, ils disent souvent : tout ce que vous direz sera retenu contre vous. C'est la même chose ?

— Exactement ! D'ailleurs, faut pas te mêler de ça, jamais ! »

Puis elle me raconta son passé avec émotion.

« Ça me rappelle ma jeunesse quand j'avais le temps et la liberté ! Ça passe vite, la vie, n'oublie jamais ça. Ta maman m'a l'air d'être une sacrée femme, dis donc ! Elle vient de quel pays ?

— D'Algérie.

— Ça ne m'étonne pas ! Grand peuple ! Ils ont viré les Français ! Tu le sais qu'ils sont courageux, hein ? Je suis espagnole moi ! Ma famille a fait la guerre à Franco ! Tu le sais tout ça ?

— On l'a pas encore vu en cours.

— C'est sûr que c'est pas Madame Degrand qui vous l'aurait appris ! Elle ne me manquera pas, celle-là ! »

Moi, elle allait me manquer. Une femme de plus, pas si différente des autres. Toutes m'abandonnaient.

En quelques trimestres j'avais tourné casaque. Les Français m'évitaient, avertis par leurs parents des risques de mauvaise influence qu'ils couraient à me fréquenter. Pire, mes bulletins scolaires, ombre bien obscure, me qualifiaient de décadent et d'insolent. Devenu inapte à représenter ma classe, je laissai les professeurs m'achever lors du dernier conseil de l'année. L'un m'avait même prédit Clemenceau, tandis qu'une autre comparait mon apogée scolaire à la Renaissance ; un bon souvenir qui ne reviendrait jamais.

L'on tenta de ressusciter mon fantôme en m'inscrivant aux cours de Fouad, l'imam de la ville. L'idée d'en apprendre plus sur Allah ne me dérangeait pas, j'avais appris à le connaître et à croire en lui depuis que j'étais chez Khadija. À mon âge, on doit se contenter du ramadan et de manger halal, c'est supportable.

Le cours pour les enfants se déroulait le samedi matin. J'y allai avec Kumar qui me proposa qu'on s'habille de la même façon, avec une djellaba blanche et un chapeau du bled qui lui donnait l'air d'un enfant parfait. La mosquée se trouvait dans un immeuble pas loin du collège. Avant d'y entrer on devait d'abord retirer ses baskets et les ranger au milieu des autres paires, choses mortes et usées qui formaient un triste spectacle initial. Ensuite on n'avait le choix que d'une salle, pas vraiment belle, à des années-lumière des mosquées que je voyais à la télévision arabe et de la basilique de Saint-Denis.

Les musulmans ayant une manière bien à eux de se présenter à Dieu, je dus me plier aux ablutions. Les poignets, les coudes, les oreilles, le nez, les pieds. Il fallait tout laver, tantôt une fois, surtout trois fois. Puis il était formellement interdit de retourner aux toilettes ou de penser à des choses qui énerveraient Dieu.

Retenir la prière fut encore plus difficile que les ablutions. Selon l'heure tout changeait : le nombre d'invocations, la variété des sourates et même l'arabe, qu'on parlait en version littéraire. Devant mes lacunes, Fouad, imam salafiste barbu comme un mage, faisait preuve d'une profonde gentillesse et d'une grande patience. Il m'offrit plein de petits livres de religion musulmane. À part moi, tous les participants, des enfants jusqu'aux vieux, accomplissaient parfaitement les gestes et paroles demandés par Dieu. Quand Fouad comprit que je n'y arriverais pas, il me recommanda de faire comme lui. Je l'imitai donc à louanger Dieu en collant ma tête contre le sol avant de la tourner à gauche et à droite pour dire bonjour aux anges. À la fin, on se saluait tous, apaisés de s'être donnés à Dieu.

Ensuite, toujours entre hommes, on transformait la même salle en lieu d'étude. Fouad dirigeait toujours la séance, toujours en arabe littéraire. « Fouad, vous pouvez parler en français ? » demandai-je, fatigué de n'y rien comprendre. Une voix grave m'apostropha de derrière : « C'est en arabe qu'on apprend le Coran ! »

Me retournant, je distinguai un jeune adulte, sec et barbu, avec une grande agressivité dans les yeux, ceux d'un ennemi.

« Mais on est en France ! dis-je pour me défendre.

— Apprends à prier avant de parler !

— Mes frères, mes frères, calmez-vous. Ne laissez pas le diable vous guider », demanda Fouad.

Kumar m'apprit que ce Lakhdar m'avait dans le viseur depuis que j'avais marché devant lui lorsqu'il priait.

De rappel en rappel, Fouad nous enseignait les sourates mais surtout les interdictions de vie, nombreuses et totalitaires. Ma religion ne permettait de rien faire, même des choses auxquelles je n'avais pas pensé. L'espoir d'aller au paradis justifiait tout, la renonciation aux femmes, à l'alcool et au porc. J'y croyais au paradis pourtant. Mais Fouad nous apprit qu'à notre mort on serait châtiés dans la tombe avant d'être jugés et affectés en enfer pendant quelques siècles. J'avais beau essayer, je n'arrivais pas à me faire à cette idée. « Si je peux me permettre, Fouad. Dans la première sourate, Dieu est présenté comme miséricordieux, alors pourquoi vous nous parlez toujours de l'enfer ? » En entendant les murmures, j'eus l'impression que j'étais le seul que ça dérangeait. J'ai continué : « On n'ira pas au paradis ? Comme Jésus ! » Lakhdar, encore lui, me le confirma : « Toi, tu vas aller en enfer c'est sûr ! Apostat !

— C'est quoi un apostat ?

— C'est toi ! »

Fouad tentait de les apaiser, mais d'autres, ralliés à

Lakhdar, vinrent se plaindre de mes blasphèmes. « J'ai rien dit de mal, on a le droit de parler ?

— Silence ! » m'ordonna Fouad.

Pour ne pas l'énerver, je ne parlai plus, surveillant quand même les yeux de Lakhdar qui n'avaient rien perdu de leur fureur.

Fouad me convoqua plus tard pour désamorcer les tensions. Le décevoir me préoccupait puisque c'était probablement l'homme le plus sympathique que j'avais jamais rencontré.

« Vous savez, Fouad, j'aimerais être comme vous. Tout le monde devrait d'ailleurs être salafiste ! Mais j'y arrive pas, dès les ablutions je suis perdu. Même avec vos livres islamiques.

— Il faut être persévérant, si tu y arrives à l'école, tu peux le faire pour Dieu. Après tout ce qu'il a fait pour toi. »

Là, j'ai réfléchi, essayant de trouver des traces de bienfaits divins. Il me proposa une preuve évidente. « Au moins tu vis !

— Vous avez raison, Fouad. Je vis ! C'est déjà bien ! Ce que Dieu donne, il peut le reprendre. Cette phrase vous l'avez dite en français, je l'ai retenue. D'ailleurs Dieu il m'a pris ma mère !

— Elle est morte ?

— Non, elle est en prison ! »

Je lui apprenais quelque chose, je le voyais.

« Écoute bien et retiens. Mains, bouche... »

Il était déjà reparti dans sa théorie des ablutions. Je le coupai avant : « Même les musiques de rap, je les retiens mieux. Par exemple, il y a longtemps, j'en ai appris une et je m'en souviens encore. » L'entamant, il constata ma connaissance parfaite des paroles. Il m'arrêta au moment où le rappeur insultait la France.

« Pas de gros mots ici. Un musulman doit montrer l'exemple et réussir à dominer Satan. Tu sais, la musique est considérée comme un péché. Surtout ce genre de musique. Je le vois bien, elle vous écarte du sentier d'Allah.

— Je sais tout ça, Madame Khadija pense comme vous. Mais elle, c'est la flûte qu'elle supporte pas. Pourtant c'est mieux la flûte, vous trouvez pas ?

— C'est pire ! Méfie-toi des apparences. Tu penses que c'est doux mais ne sens-tu pas le démon qui t'envoûte lorsque tu entends cette musique ?

— Vous avez raison que le diable est parfois dans ma tête, surtout lorsque je prie. »

Bizarrement il se mit à sourire quand d'autres, dont Lakhdar, auraient certainement eu envie de m'anéantir. Sa main douce me caressa la joue et me tapota le haut du crâne. « Ce n'est pas grave. Je te demande une seule chose, n'oublie jamais Dieu. Pour le reste, il saura te guider. »

J'ai donc dit à Khadija que, malgré mes efforts, je n'y retournerais plus.

À attendre que ma mère sorte de Fleury, j'avais moisi tout l'été, avec mes bandes dessinées et la télévision. Le voyage au Maroc que j'espérais pour revoir Zoubir fut annulé au dernier moment à cause des problèmes, secrets, de Khadija.

Puisqu'on grandissait, il fallait nous éduquer et le collège nous emmena visiter le planning familial où deux dames nous expliquèrent l'anatomie génitale et les dangers du sexe si on s'y prenait mal. Ça pouvait finir en maladie ou avec un enfant. Pour les travaux pratiques, on nous sortit un moule de taille significative. À sa vue le dégoût et la peur s'exprimèrent par des expressions et des murmures équivoques. Moi je regardais avec fascination ce sexe, si parfait et circoncis, au bas mot dix fois le mien. Lorsqu'on demanda un volontaire pour l'enrouler d'un préservatif, j'avançai vers lui, exécutant la manœuvre avec dextérité.

Chorba l'apprit d'une balance de la classe. « Tu branles des bites maintenant ? Tant que je serai vivant, tu deviendras pas une pédale ! Ça fait trop longtemps que tu déconnes ! » Pour me faire passer mes déviances, il décida de nous initier aux femmes. Je savais qu'il aimait ça, l'ayant déjà surpris dans ses activités sexuelles avec des prostituées du téléphone, des appels hors de prix sur des numéros bizarres. Le regard envoûté, il inséra un disque dans le lecteur vidéo. « Je vais vous montrer un truc. Si quelqu'un parle, je le tue. Vous avez compris ? » À l'écran apparurent des femmes assises sur des canapés en cuir trônant au milieu d'une salle de danse qui servait de décor au film. Une bonne douzaine de créatures, toutes rayonnantes, habillées d'un short bleu, le buste à peine couvert d'un débardeur blanc. Des femmes comme ça, on n'en voyait pas à la télévision française et encore moins à Courseine.

« *Hi everyone !* » elles ont dit aux spectateurs. « Kumar ! Elles te parlent ! » fit, hilare, Chorba qui se frottait abondamment l'entrejambe en voyant les femmes, leurs trésors mammaires, se manger entre elles. Il nous a dit de sortir nos sexes de nos slips. Depuis ma circoncision, j'avais gardé le mien pour moi. Ni dans les vestiaires du sport, ni nulle part ailleurs je ne le montrais. « Arrête de faire ta baltringue ! Dépêche-toi ! À ta sortie au planning, t'hésitais moins, hein ! » Il nous mit ensuite en concurrence. « Faut devenir des hommes ! Faut que vous appreniez ! Le premier qui gicle je lui donne dix euros ! » J'essayais de temporiser mais Dimitri et Kumar étaient déjà nus et surtout en avance sur leur puberté.

Je ne savais pas du tout ce qu'on devait attendre, ni personne d'ailleurs. « Tirez, bande de merdes ! Tirez sur vos chibres ! » nous encourageait-il. Il me força encore mais je ne voulais pas céder. « Regarde, Chorba ! » dis-je la main dans mon caleçon. Mais c'était vain. Dimitri, comme marabouté, gigotait de plus en plus. Il était en train de gagner son argent, gisant maintenant sur le tapis persan de Madame Khadija, étourdi et tout sourire.

Chorba continua ; il me dressait. Ça passait par la maison jeunesse de Courseine, celle où tous les mauvais élèves du collège étaient inscrits. Je ne devais, sous aucun prétexte, parler de l'ASE. « Si on te demande, réponds que t'es mon frère. » Dire qui j'étais m'était interdit. Ce n'était pourtant pas la honte.

Au moins, je rencontrai là un grand homme en la personne de Jean Jaurès, ainsi que le centre se nommait. Non loin du quartier français, des pavillons et de la zone municipale, on l'avait logé dans une ancienne étable avec cour. Avant d'y accéder, je restai bloqué devant la plaque du mur de pierre de l'entrée. Ayant encore le vice de la curiosité, je lus le résumé de la vie de Jaurès, un professeur socialiste devenu député.

Je retrouvai dans ce centre une vieille connaissance, Monsieur Lombard, le directeur. On ne s'était pas revus depuis la Suisse. Il n'avait rien oublié.

« Comment va notre prisonnier politique ? me harangua-t-il. Tu sais que Jaurès est un grand homme de gauche à qui l'on doit beaucoup de conquêtes sociales ! Tu sais tout ça toi, n'est-ce pas ?

— Oui, j'ai lu la plaque à l'entrée ! »

Ensuite il me parla des voyages, comme un pervers. « Comme tu le sais, tu es interdit de voyages avec nous. C'est dommage. Regarde les photos derrière ! C'est moi partout en Europe. Un jour on ira en Asie. On a de belles subventions. Là c'est en Mauritanie, notre fierté, continua-t-il. On a mis en place un jumelage et chaque année on y envoie dix personnes pour creuser des puits et apporter des vêtements et des médicaments. Mais tu l'auras compris, ce voyage t'est également interdit. »

Je bénissais ma punition qui m'empêchait d'aller dans le tiers-monde.

Lombard continua sur Jaurès. Il ne m'apprit rien de plus que la plaque. On l'avait tué au début de la Première Guerre mondiale à cause de ses idées pacifistes. Depuis, une fondation honorait sa mémoire et distribuait des trophées à son nom. À Courseine, ils attendaient leur premier trophée Jaurès ; beaucoup de lycées, collèges et centres portaient ce nom. « Il sera bientôt pour nous, on se donne du mal, crois-moi ! » C'était son grand projet. Au-delà des vacances, le centre permettait de faire un tas d'activités pas chères grâce à l'argent des entreprises du marché de Rungis qui versaient plein de taxes à Courseine.

Il se mit ensuite à me parler de choses plus problématiques.

« Dans ma chapelle, je te préviens, la seule chose que je ne tolère pas, c'est la politique !

— Avant j'étais délégué mais j'ai arrêté la politique, Monsieur Lombard.

— Je sais tout ça. Non, moi je te parle d'autre chose. Le maire dont je suis également l'adjoint m'a mis au courant du chahut de la minute de silence. À ce niveau-là, ce n'est plus de l'inconscience ! Vous allez finir par nous ramener des ministres ou des journalistes. On aimerait bien, mais pas pour ces raisons. Tu m'as bien compris ? »

Reconnaissant l'amateur de rapports qu'était Lombard, et persuadé qu'il avait lu celui qu'on m'avait collé pour trouble à la minute de silence, j'acquiesçai et promis de me forcer à la tristesse si des avions ou des bombes tuaient des innocents.

Ce jour-là, sur le parvis du collège, les adultes, toujours là pour nous diriger et nous encadrer, se tenaient droits et graves, comme si on priait les morts de la guerre de 14. On avait eu droit au maire, un socialiste, comme Jaurès. Si la majorité paraissait concernée par le deuil mondial et compatissait, on avait un autre avis depuis que Mohamed nous avait distribué des exemplaires du *Parisien*, volés à la maison de la presse, le lendemain de l'attentat. « Bien fait pour eux, les Américains c'est tout ce qu'ils méritent », avions-nous commenté. Le maire s'était énervé, passant d'un discours émouvant à une déclaration de guerre, à cause des bruits qu'on faisait. « Nos amis sont morts ! Ne les oubliez jamais ! » À la maison non plus, personne ne fut triste.

Ce centre Jaurès, effectivement bien gavé par Rungis, avait une télévision, des consoles, un billard et d'autres équipements ludiques. Monsieur Lombard nous répétait : « Dans les autres villes, on ne trouve pas ça ! Estimez-vous heureux ! » Il disait vrai, nous avions droit à beaucoup d'activités d'ordinaire bien chères, comme le karting. J'en avais cassé un d'ailleurs. Ainsi que le paintball où l'on m'avait mitraillé partout ; devant, derrière, dans les cheveux. Toujours à bout portant.

Au moins, j'évitais Khadija. Perdue dans ses soucis, elle était devenue invivable et avait restructuré le fonctionnement de la maison. « La douche, c'est deux fois par semaine ! On n'est pas à l'hôtel ! Et ton pull d'hier, tu le remets ! » J'ai tenté plusieurs fois de marchander pour la douche ; à l'eau froide, en cinq minutes, trois dans la semaine… Pour trouver la parade, je m'aidais de Dimitri et Kumar, devenus experts de son emploi du temps pour assouvir leurs nouveaux besoins de branlette. Contre quelques euros, ils garantissaient ma propreté. C'est ainsi que j'ai fait mes premières dettes, pour ma douche.

Si elle m'avait poussé à le découvrir, Khadija ne l'aimait pas trop, le dehors. Sans restaurant ni cinéma, isolée à la maison, elle ne sortait plus que pour les courses. Elle aurait dû pourtant, pour voir comment ses copines se comportaient.

À force de méthode et de vice, elles étaient d'abord parvenues à convaincre les parents des petits de ne plus lui confier d'enfants. Son affaire ne redémarra jamais. Leurs nombreuses poussettes confirmaient leur victoire. Puis elles se mirent à nous convoiter, nous enfants de l'assistance à salaire fixe. Surtout notre voisine Radia, la pire, la cheffe des vipères. Elle me racolait souvent, jusque dans l'immeuble. « Alors ça va ? T'es heureux ? Moi je suis algérienne ! Comme toi ! Viens à la maison un jour, mon fils. »

Pour améliorer ma situation sanitaire et augmenter mes douches, j'avais quand même prévu de tout raconter à Khadija. Il me fallait trouver le bon moment, le bon argument. Ça valait quelque chose, ma petite découverte, pas autant que de l'eau chaude mais quand même. Je réfléchissais à la manière idéale de lui en parler, jusqu'à ce qu'une autre intrigue, bien plus sensationnelle, me devance. Au faîte de sa gloire, Chorba achetait beaucoup de choses, de vêtements. Il versait même à Khadija sa pension. Mais ses moyens intriguaient. Un jour, j'en compris la provenance. Khadija se trouvait dans ma chambre, fouillée. Sur le lit de Chorba trônaient une plaquette de shit et un revolver métallique.

Ensuite ce fut mon tour. Madame Khadija me demanda des précisions sur son trafic et son mode de vie. Face à mon silence, elle m'expliqua ce que je savais vaguement, que le shit était illégal et dangereux et surtout que Chorba était venu avec nous au Maroc pour passer la douane, la drogue dans sa banane.

« Attention, Skander, attention ! Ne joue pas au plus malin avec moi, tu vas perdre ! » me prévint-elle.

Pour la calmer et surtout mettre loin cette histoire pesante, je tentai de l'informer des médisances de ses amies.

« Vous savez, Madame Khadija, Radia et les autres…

— Qu'est-ce que tu crois ? Si t'es au courant, moi aussi je suis au courant ! »

Elle ne m'écoutait plus et se mit debout sur le lit, hurlant vers le plafond : « Je sais que ces putes parlent sur moi ! » À l'étage du dessus, je m'imaginais Radia, l'oreille collée au sol, excitée à l'idée de tout raconter le lendemain.

Après cette explication, tout fut pire à la maison. En plus, on avait rayé la portière de sa voiture diplomatique. Ça pouvait être Chorba ou n'importe qui. J'y avais pensé plein de fois.

Il arrive que l'on marche à côté d'un autre monde sans le savoir. L'imam de la ville, Fouad, nous avait expliqué qu'autour de nous des gens vivaient, invisibles et paisibles. Cette légende m'avait passionné et j'en parlai avec Juvénal en rentrant du centre Jaurès.

À quinze ans, lui redoutait le nouveau monde. C'est ainsi qu'il me parlait du lycée qui arrivait. « Je sais ce qui m'attend. Ils vont m'orienter en filière électrotechnique. Tu sais à quoi ça sert ?

— Ça va être bien. T'auras un chalumeau, un masque et tu vas travailler avec des ingénieurs ! Les satellites, les missiles, un peu tout ça. Comme en technologie !

— Y en a plein qui s'y sont inscrits. Et j'ai jamais entendu quelqu'un sortir ingénieur. C'est une filière à cas sociaux, comme la filière réparation ascenseurs. C'est plein de stages, c'est le travail. Ma sœur m'a dit que je pouvais faire de la vente sinon. Mais je vais vendre quoi ? Des voitures ? Des bougies ? Je peux aussi aller à l'armée, comme mon père. J'ai commencé à m'entraîner, je fais cinquante pompes d'affilée maintenant. »

Pendant qu'il faisait ses pompes en pleine rue, j'imaginais mon avenir. L'ordre des choses, selon Madame Davert, consistait à aller au lycée, en filière générale, puis attaquer des études. L'idée d'un métier m'était devenue étrangère et mes envies d'aventures de la période primaire s'étaient évaporées.

On en était là de la conversation quand une bouteille de verre frôla sa tête et explosa contre un mur. Après s'être retourné, Juvénal hurla : « C'est les Collines Noires ! Cours ! » Alors j'ai couru comme un fou, en pleine ville, vers un chemin qui ne m'emmenait ni chez moi ni ailleurs. Une nuée de cris et d'insultes nous suivait, rien d'autre qu'une envie de bagarre. « Serrez-les ! On va les goumer ! » Pour nous confirmer l'imminence, des bouteilles furent de nouveau lancées. À notre passage, des badauds s'arrêtaient et des vieilles essayaient de nous raisonner : « Mais qu'est-ce que vous faites, enfin ! Salopards ! Sauvages ! » Je n'en pouvais déjà plus mais les Collines Noires se rapprochaient ; de derrière, je sentais le souffle de la balayette et des urgences médicales.

On a couru jusqu'à ce que Juvénal s'arrête. Je l'ai imité. Les Collines Noires également ; elles ne bougeaient plus. J'ai pu distinguer une douzaine de silhouettes, certaines effectivement noires, parfois plus âgées, toutes bien bâties. Ces homologues en pleine forme, à peine fatigués de leur chasse à l'homme, nous insultaient : « Alors, bande d'enculés ! » « Vénez ! Vénez ! » nous haranguait l'un des leurs avec un accent africain. Ils connaissaient bien Juvénal. « Il est où, ton pote Mohamed ? Tu te souviens la dernière fois ? Il a encore couru cette salope ! »

Pourquoi ne traversaient-ils pas cette rue ? Ce mystère me permettait de rester vivant. Durerait-il ? Pour avoir moins peur, j'ai rendu des insultes tout en esquivant leurs dernières bouteilles. Mais je commis l'erreur de me concentrer sur celui qui disait : « Vénez. » Son expression était inquiétante, il semblait adorer ça. « Eh, le nouveau ! me remarqua-t-il. T'es mort, fils de pute ! Ouais, regarde-moi bien ! » Puis ils repartirent vers leurs tours. Ils reviendraient. Et surtout, ils me connaissaient.

Juvénal, aussi excité qu'énervé, ne cessait de répéter : « Ils viennent jusqu'ici ! Jusqu'ici !

— Mais on est où ici, Juvénal ? On est où ? »

Je n'y comprenais encore rien et l'adrénaline diminuant, la panique me gagna. La menace qu'on venait de me faire commençait à me donner des spasmes. « Juvénal ! J'ai fait quoi encore ? Pourquoi ils m'ont dit ça ? Ils vont me faire quoi ? On est où là ? »

Apparemment, les Collines Noires et les habitants de Courseine se haïssaient tellement que leur objectif mutuel et perpétuel consistait à s'entretuer dès qu'ils se rencontraient. Ça leur prenait comme un réflexe. « T'as jamais rien vu en sortant du collège ? Ou même la nuit ? T'es pas aveugle pourtant ? Ça date d'y a longtemps. Mon frère par exemple, il se battait déjà avec eux. J'étais en maternelle qu'il avait déjà fait vingt bagarres. On les déteste ! Le mois dernier on est allés chez eux, dans leur cité, en plein milieu. On a fait un carnage. Trois à l'hôpital !

— Et pourquoi ? Ça sert à quoi de se battre ?

— J'en sais rien mais tu pourras pas y échapper. Ouvre bien tes yeux. Parfois, tu verras, tu marcheras seul et ils t'apercevront. À des distances, mon pote... T'as pas idée ! T'es dedans maintenant !

— Je suis pas comme vous, moi, je veux qu'ils m'oublient !

— Jamais ! C'est des animaux, ces bâtards.
— Pourquoi ils ont pas traversé ?
— Ils habitent en face. »

Ces récits de haine, si forte qu'elle se transforme en guerre, je les pensais réservés aux Français et aux Allemands. De vrais conflits à chapitres de manuels scolaires qu'on transforme en jours fériés calendaires. Aucune envie de mimer l'Histoire ne m'animait.

Longtemps protégé par mes lunettes et mes bonnes notes, j'avais négligé des détails. Ainsi, l'endroit par lequel nous avions fui les Collines Noires se trouvait être le bout de mon patelin, sa limite méridionale. Jusqu'alors, je n'en avais connu que le sol, dans toutes ses variétés de pelouse, goudron et bitume, tous ces matériaux inoffensifs auxquels mes yeux se fixaient pour ne croiser le regard de personne.

Le Grand Quartier de Courseine était immense, composé d'une douzaine de tours et de dix barres aux fenêtres fleuries d'antennes paraboliques. Des terrains vagues et de petits stades de football espaçaient le tout. Par la fenêtre de ma chambre, je voyais ces anciens horizons se rapprocher.

Plutôt que de me calfeutrer, je pris la décision de m'intéresser à mon environnement, en cas de nouvelle rencontre avec mes nouveaux ennemis. Connaître le bornage du Grand Quartier, ses rues et ses entrées m'aiderait à mieux les fuir. J'y croisai des têtes connues, certaines du ski, du centre Jaurès et de moins en moins du collège. En m'arrêtant un jour devant chez Juvénal, un type me héla d'une fenêtre. Préférant ne pas l'écouter, je repris ma marche mais la demande persista : « Eh, viens là ! » En me retournant, je vis un presque homme, au deuxième étage, torse nu, en chaîne en or. « T'es d'ici toi ?

— Ouais, je suis le frère de Chorba !

— Comment il va, cette trompette ?

— Il va bien.

— Va me chercher des clopes au tabac de la place, tu dis que c'est pour Julien, j'ai une note ! Dépêche-toi aussi. »

Rendre un tel service ne se refusait pas, cela me permettrait de rencontrer des gens forts et protecteurs. Au tabac, le vendeur eut des problèmes avec mon âge, jusqu'à ce que je donne l'identité du vrai fumeur, Julien. C'est là que me revint un souvenir du port d'Algésiras où l'on m'avait parlé d'un Julien de Courseine.

« Tu connais un Marocain d'Agadir qui habite à Nanterre ?

— Ça doit être mon pote Amar, on était ensemble au placard. Attends je descends. »

Il arriva en peignoir, bien sec, belle allure, certainement majeur. Après lui avoir donné son paquet, alors que je ne demandais rien, il me tendit un billet de dix euros. Pour la première fois je gagnais de l'argent.

Désormais, j'étais d'ici ; identifié comme tel par les Collines. Même quand on ne les cherchait pas, on les trouvait, toujours désireuses de nous embrocher. Ça n'allait pas plus loin que des bouteilles mal lancées et des coups de bâton assénés à la va-vite. On se quittait alors en se promettant de se tuer un jour ou l'autre. J'apprenais à m'en rapprocher. J'essayais de leur ressembler.

Je n'en appris pas tellement plus sur nos adversaires et, à bien des égards, j'avais du mal à les distinguer de mes nouvelles connaissances du Grand Quartier. Ici, on en était encore aux débuts de Darwin, quand l'homme était primitif et dirigé par ses mœurs agressives. Pour le moment je n'étais rien d'autre qu'une victime, pas plus respecté qu'un Français bolosse qu'on insulte et moleste à volonté. J'espérais que le printemps les calmerait.

Si j'aimais bien Julien, je ne le voyais pas souvent. Ses amis, louches et sans cœur, voulaient en revanche me connaître. Ramo, content de me voir, se rappela à notre bon souvenir du ski et de Frantzouz : « C'est le cousin de Chorba ! Celui qui m'a pas balancé quand on a savaté le touriste ! » L'un des potes de Ramo me félicita aussi : « C'est bien, c'est bien, c'est bien. » Il ne s'arrêtait plus. Cette histoire me servait enfin à quelque chose. Mais un prénommé Samir s'intéressa à moi avec moins d'hospitalité.

« Alors t'habites avec ce chien de la casse de Chorba. C'est toi qu'on a trouvé dans une poubelle ?

— Pas du tout, c'est pas vrai, c'est mon frère. Mais on n'a pas les mêmes parents.

— C'est parce que c'est une pute, ta mère ! Tu fais quoi ici ? T'as cru qu'on avait ton âge ou quoi ! Casse-toi ou je te monte en l'air ! »

Outre sa pilosité particulièrement dense, il était golgoth et décuplait sa méchanceté en fumant du shit. Voyant que je ne bougeais pas, il se mit à me poser des questions aussi louches que lui. « Tu te mets des doigts dans le cul un peu ? Avoue que t'es sodomite ! Quand t'es sous la douche, tu te mets des doigts ? Hein ?

— Non je crois pas, je fais pas ça.

— Et ta bite, tu me la montres ? Allez ! Montre !

— Pourquoi ?

— Ferme ta gueule ! Montre-moi ta bite, je t'ai dit ! »

Pour le moment je gardais mon sexe dans le caleçon. Mon cœur ne s'arrêtait plus de battre, je le sentais fort à l'intérieur. La poubelle, l'histoire du doigt dans le cul, toutes ces vérités m'oppressaient. Radia, la voisine, avait peut-être tout raconté à Courseine. Je lui proposai d'aller lui chercher des cigarettes ou un sandwich. Il s'énerva. « Quoi, tu veux me gratter ? T'as cru que t'étais mon pote ? Casse-toi de là, p'tite salope ! » Il ne dit rien de plus mais se plaça devant moi. Tous sentaient ma peur. Ramo tenta de le calmer : « C'est un petit, laisse-le ! » Je m'agrippais à ce minime espoir comme un naufragé à son radeau.

« Mais oui, Samir, je suis tranquille, je peux rester.

— Tu dis mon nom en plus, baltringue. »

Sa bouche s'ouvrit. Il me glaira la gueule au mollard et sa bave puante colla à ma joue.

« Regardez-le ! Il a les yeux qui pleurent, la bouche qui rit ! Encore un ! » Tout le monde devint hilare, même moi. Mais au fond, j'étais dévasté.

À ce rythme, on me volerait mes baskets. Là était ma plus grande crainte, rentrer chez moi pieds nus. J'ai consulté Juvénal, il avait une solution. « T'es pas le seul à t'être fait frapper pour rien ! Y a beaucoup de bâtards ici, ça peut durer longtemps. Sauf si tu fais un tête-à-tête avec un gars des Collines Noires !

— Hein ? Mais t'es fou. Tu m'imagines ?

— T'inquiète ! Ils vont pas te tuer ! »

Il m'envoyait au casse-pipe.

Juvénal persévéra dans ses certitudes et m'invita à voir mon futur. Ainsi, je découvris en quoi consistait le fameux tête-à-tête, un combat court et effrayant. À ce jeu, y en a toujours un qui perd, c'est une loi définitive. Julien, qui avait également des choses à régler avec les Collines Noires, remporta le sien, sans équivoque, contre un Ousmane. Le plus terrifiant, c'est qu'on est obligé d'accepter sa défaite. Personne ne bouge pour sauver celui qui vient de se faire massacrer. Même pas les amis.

Afin d'éviter cette expérience, je me mis à chercher mon salut. J'ai pensé que l'argent m'aiderait ; l'argent c'est plus fort que tout, plus fort que la guerre. J'ai pensé à la doctrine de Zoubir, la seule que je connaissais. Quand on veut s'essayer aux affaires commerciales, c'est au marché qu'il faut aller. D'ailleurs Chorba répétait souvent qu'il avait commencé dans les marchés. Même Khadija lui reconnaissait cette qualité, la seule.

Celui de Villejuif, où nous avions nos habitudes, étant trop éloigné, j'irais à celui du nord de Courseine, chez les Français. Ils m'aideraient. Un dimanche, je m'y rendis avec enthousiasme, en suivant la route des pavillons et des résidences. Des cloches annonçaient midi et le marché apparut, pas plus de dix comptoirs, un désert. Quelques badauds inspectaient les étals. Alors que j'étais en train de lécher la vitrine d'un fromager, le tenancier tenta de me vendre ses produits. « Tu veux du brie, mon garçon ? Je te fais un prix ! Tiens, goûte-moi ça.

— Ah, il est bien bon ! » j'ai dit. Le fromage réveillait ma mémoire. J'en ai redemandé. « Faut acheter maintenant ! » Je ne l'intéressais déjà plus.

En tournant sur la place, sans but aucun, je compris pour de bon qu'elles ne marchaient pas vraiment, les affaires du marché. Au deuxième tour de place, la fleuriste et la mercière cessèrent de me sourire. Et ensuite le poissonnier. Ils cherchaient autre chose. Il arriva. Un homme, sans matraque ni muscles, vêtu d'un uniforme municipal, vint à ma rencontre pour inspecter mes projets. « Dis donc, vous êtes venu pour quoi ? Les commerçants se plaignent, vous leur faites peur, je crois. Vous êtes gitan ?

— Je regarde, je marche.

— Et votre nom ?

— Je vais voir les poulets ! » dis-je, en me dirigeant vers le boucher, le seul qui ne m'avait pas remarqué. Contrairement à ses confrères en préfaillite, il avait des clients. Pas téméraire, le contrôleur antillais m'oublia.

Ce boucher avait plus de ventre mais moins de sang sur son tablier que ses confrères arabes. « Bonjour, Monsieur ! Je peux vendre de la viande ? » j'ai proposé directement.

Occupé à travailler un morceau il me dévisagea sans s'interrompre. « C'est du steak ça ? j'ai dit pour faire le connaisseur.

— Laisse-moi finir, j'ai un client. »

Il encaissa cinq euros.

« C'était de la bavette, c'est filandreux, on la reconnaît facilement ! Bon alors, t'es là pour quoi ?

— Ça vous intéresse que je vous vende de la viande ?

— J'ai déjà des fournisseurs ! Les Mercier, père, fils et oncles. Et puis toi, t'es bachibouzouk, non ? Moi j'achète que de la viande nivernaise. C'est pas du halal.

— Je suis d'accord avec vous, c'est pas toujours bon, le halal. Mais je peux quand même vous aider ?

— Tu m'as l'air volontaire, c'est bien. Mais il faut un permis, une licence, une hygiène ! Tu t'y connais un peu ? T'es dans la boucherie ?

— Non je suis dans le collège. Je vais faire des études intellectuelles, les longues.

— Les études, les études… J'ai besoin de personne. Et puis regarde autour de toi, c'est pas Carrefour ici ! Le mieux c'est Rungis, le plus grand marché d'Europe ! C'est à côté.

— Oui je connais !

— Tu peux essayer chez les Quirec, ils y ont un pavillon. Dis-leur que tu viens de la part de Monsieur Bertrand. Attention, c'est du porc qu'ils font eux ! Faudra pas t'évanouir.

— Je suis prêt à tout ! »

Monsieur Bertrand ne m'écoutant plus, je pris la route de Rungis.

En m'enfonçant toujours plus dans Courseine, derrière des hautes grilles à piques, je distinguais des maisons immenses ; un peintre avait même habité l'une d'elles. Une plaque l'attestait. En cherchant d'autres gens illustres, je dérivais vers ailleurs. Étourdi, j'arrivai à un arrêt de bus qui ne roulait pas le dimanche. Le tracé en courbe d'une route me déporta vers des horizons bizarres et même des champs. Je retrouvai un peu de civilisation en suivant le bruit des voitures, lâchées à fond sur la nationale 7.

Des avions montaient au ciel et des grillages m'en tenaient à distance. J'avais désormais un pied dans l'Essonne et ses grandes zones d'activité commerciale qui attendaient lundi qu'on les réveille. Si j'en croyais le plan du coin affiché sur un énième panneau, j'étais proche de Rungis, mais on pouvait également l'être à beaucoup d'autres endroits tant le site était immense, un péage permettait même d'y entrer.

Ce marché qui nourrissait les Français et faisait vivre le centre Jaurès existait bel et bien. Mais, des parkings aux entrepôts, tout était vide et s'étirait à perte de vue.

Malgré l'absence de vie, j'y entrai, examinant la carte, redimensionnée à l'échelle kilométrique. À peine entamée ma route de la viande, j'entendis une voix hurler l'ordre de ne plus bouger. Elle provenait de haut-parleurs qui retentirent de nouveau : « Deuxième sommation. Je lâche les chiens à la troisième ! »

La voix m'invita à me rapprocher, je m'exécutai.

Un homme sortit d'une guérite, botté et vêtu d'une tenue de sécurité. Il était mal rasé et particulièrement maigre.

« T'as bien fait de m'écouter ! Regarde ! »

Il tira une laisse à deux têtes. « Olivier ! Alain ! Allez ! »

Là, un berger allemand en mauvaise santé et un rottweiler fanatique sortirent, sans muselières. Ils aboyaient, certainement pour savoir qui commencerait à me manger. « Vous faites quoi là ! Vous êtes malade ou quoi ? » j'ai dit.

Le maître ne maîtrisait pas ses monstres qui avançaient

plus qu'ils ne reculaient. « Ferme-la ! C'est toi plutôt, qu'est-ce que tu fais ici ?

— Je cherche du travail ! dis-je en me protégeant le visage. Rangez-les ! Monsieur, s'il vous plaît ! j'ai supplié.

— Olivier ! Couché ! Alain ! hurlait-il, totalement dépassé par son outil de travail.

« Y a pas de marché le dimanche ! T'es venu voler toi aussi ? T'es avec les gitans c'est ça ? »

Je me répétais, jurant que j'étais innocent, montrant mes poches vides pour lui prouver ma bonne foi.

« Ouvre-moi la porte ! Dépêche-toi ! Je les tiens plus ! Grouille-toi. »

Il s'écarta pour me laisser la voie libre. Une fois la porte ouverte, notre association foireuse continua. « Prends l'extincteur ! La gazeuse ! Prends la gazeuse ! » J'exécutai son ordre et entrai dans la cabine malodorante.

« Y en a pas ! Je vois pas de rouge !

— Je te parle de la lacrymo ! Avec la poignée jaune ! La gazeuse ! »

Je n'en avais jamais vu mais c'était magnifique comme objet, une grosse bouteille avec plein d'avertissements dessus et une détente jaune fluo pour lâcher la purée. Enfin, il réussit à ranger ses bêtes. « Regarde, regarde », dit-il en secouant la gazeuse. Un sourire se dessina sur son visage avant qu'il n'asperge sa caverne et ses chiens. Ça n'éteignait rien, au contraire. C'était horrible à voir.

« Y a pas de travail ici ?

— Mais t'as fumé toi ! C'est pas le genre de marché que tu crois. Et puis c'est ouvert que la semaine, quand tu dors. De minuit à neuf heures. »

Là, j'aurais dû partir. Mais une chose m'intriguait. Regardant le gardien, faussement calmé, fumant une cigarette et contemplant ses chiens patauger dans leurs sécrétions, je demandai : « Pourquoi vous leur avez fait ça ?

— Je les dresse pour qu'ils croquent les voleurs. Je suis assuré pour ça ! Mais j'ai un problème, c'est le berger, Alain, il va bientôt mourir. Je vais l'enterrer dans le ventre d'Olivier. Je suis pressé de ce jour donc je hâte un peu la chose. Après je vais prendre un berbull, tu connais ? On m'a dit que c'était un pitbull croisé avec un animal de brousse. Si j'étais un salopard de voleur, je viendrais pas sans prévenir ! Bon, mon tapin devait venir mais elle est malade. Tu veux pas rester le temps que la cabine s'aère ?

— Faut que je rentre, j'ai mes devoirs.

— Pourquoi tu viens ici alors ? J'étais tranquille et j'ai gazé mes chiens pour ta gueule. Tu mériterais que je te jette dans la cage ! »

J'ai reparlé de mes devoirs.

« Casse-toi de là et que je te revoie plus. Tu m'entends ? »

Pendant qu'il insultait ses chiens, je pris la fuite, par là où je n'étais pas venu.

Je ne regrettais pas cette journée. Désormais, le travail, je l'identifiais aux chiens.

Au centre jeunesse, on allait célébrer la seconde place de notre ville aux trophées Jaurès, Lombard préparait une fête qu'il voulait confidentielle, c'est-à-dire sans nous. Pour éviter qu'on ne vienne, il nous avait organisé un tournoi de foot, avec tombola et sandwichs, dont les animateurs nous firent la publicité pendant des jours. Au fait de leur mensonge, j'avais décidé de déserter le tournoi, emmenant Juvénal avec moi.

Ça ne filtrait pas à l'entrée et nous parvînmes à accéder à la salle principale, décorée comme un défilé du 14 Juillet. Le maire était présent. Je le découvrais enfin. Dans le journal de la ville, il paraissait immense mais là, j'avais devant moi un petit homme que je dépasserais bientôt. À la fin de son discours, avant qu'il ne s'éclipse, je le poursuivis dans la cour pour lui parler de mon interdiction de voyage.

« Bravo pour le trophée, nous sommes fiers de vous !

— C'est vous, bravo, c'est votre ville !

— Quel beau travail collectif, amusez-vous bien, vous le méritez. »

Il me parlait comme à un débile. Avant que je trouve

la bonne phrase, Lombard se pointa, faussement content, surtout anxieux.

« Ah, mais vous faites connaissance, c'est très bien. Skander, Monsieur le maire est occupé. Tu n'es pas au tournoi ?

— J'ai envie de repartir en vacances !

— Après tout, je suis là pour ça. Allons-y », dit le maire.

Lombard lui raviva la mémoire avec plaisir ; mes problèmes y passaient. Mes vacances seraient dans un siècle.

« C'était donc vous ? Les Suisses ne manquent jamais de m'évoquer ce triste évènement. Vous nous aviez fait de sacrés problèmes à l'époque, dit le maire, devenu vif et précis. Mon adjoint réexaminera bientôt votre dossier. Il se portera garant de vous, n'est-ce pas, Jean-Marc ? »

Je n'avais encore jamais vu quelqu'un se transformer comme Jean-Marc Lombard. Ses cheveux suaient en direct, les gouttes perlaient déjà sur son front tandis que les épaules rentraient en elles-mêmes.

« On prend toujours un risque à faire confiance, Monsieur le maire.

— J'en sais quelque chose, Jean-Marc. Bonne soirée. »

Lombard fit ensuite son numéro d'estrade, déroulant son rapport pédagogique, la préparation du voyage en Mauritanie, le soutien scolaire et ce qui allait bien dans la ville. Son bla-bla se termina sur la première place à venir, le futur trophée Jaurès. C'était son Graal. « Passons au buffet. Dépêchez-vous, regardez notre jeunesse, elle a faim ! » jubila-t-il en nous pointant du doigt. Il n'avait pas tort, on avait prévu de déferler sur son buffet. Ivre de lui-même, il continua : « C'est entre les piranhas et Attila, après eux, la carcasse ! Tant pis pour les autres ! »

Les adultes français rigolaient, même les femmes en robe. Nous, on essayait de s'accrocher au rideau, de traverser la véranda, de disparaître.

« Ne faites pas cette tête, vous êtes bien pires entre vous. » Quand on a une blague qui vient, on ne peut pas s'empêcher de la partager. Il en avait une dernière, une bonne en plus, elle était pour moi. « Ils sont inventifs et ne font rien comme personne. On dit que les Français vont en Suisse pour y cacher leurs lingots. Eh bien, notre petit, là, il s'en fait expulser ! » Il s'était vengé. Et le buffet Jaurès, on n'y toucha pas.

Juvénal vint me chercher un mercredi. Les péripéties s'enchaînaient. Rungis et Jaurès hier, désormais j'allais devoir affronter la mort.

« C'est ton jour, tu vas aller te taper ! J'ai dû prendre les devants sinon t'y serais jamais allé. Les gens des Collines Noires, ils disent que t'as pris la confiance !

— Je les connais pas moi ! » C'est tout ce que j'eus le temps de dire. « Skander, viens porter tes couilles ! » dit Ramo, également présent. À cause de leur impatience, je marchai malgré moi jusqu'au terrain délimitant nos deux villes. Une rue et un code postal, voilà ce qui nous séparait de la paix.

On a beau s'être imaginé aussi puissant que ses idoles de la télévision, lorsqu'on est au milieu d'un cercle composé d'une trentaine de racailles hystériques, la réalité est bien différente. Quant à savoir ce qu'il faut faire, aucun livre ne me l'avait appris. Diawara, celui qui criait toujours : « Vénez, vénez », m'attendait avec une douzaine de ses soldats. Il me faisait penser à Samir, ravagé pareil par le mal. Un bourreau de plus. Peut-être avait-il des frères ou des sœurs. Peut-être avait-il été un enfant modèle. Même son collège m'était inconnu. Pour l'instant, je dus me contenter de son infini désir de violence.

« Viens, Skander, viens, fils de pute ! » Lorsqu'il m'eut dit ça, à distance encore raisonnable mais bien dans les yeux, lui comme moi sûmes que j'allais perdre. À mon grand étonnement, je n'eus pas peur, simplement j'étais pressé d'en finir. Les deux camps s'exaltaient du spectacle à venir, ainsi que quelques personnes aux fenêtres. « Je vais le fumer ! » dis-je bien fort pour qu'on m'imagine vainqueur.

Devant moi, ce rat de Diawara ne montrait aucune crainte. En train de se chauffer, il souriait, boxant dans le vide. Il avait une technique. Après quelques étirements et un triple serrage de lacets, j'avais épuisé les manœuvres pour retarder mon destin. Là c'était sûr, j'allais me battre.

On a commencé à se tourner autour. « Nique-le ! » « À mort ! » hurlaient nos supporters respectifs. Quand il eut feinté des coups pour voir si je réagissais, il dut comprendre que son salut viendrait puisque j'avais plongé dans son piège et me battais maintenant contre le vent. Les gens rigolaient à ma danse. Diawara, tout à son aise, voyant que je serais bien resté des heures dans ce simulacre de bagarre, lança l'assaut et me colla une droite. Un œuf et sa brûlure sortirent du coin de mon arcade.

Ne sachant que faire pour éviter qu'il ne m'égalise l'autre sourcil, je fonçai sur lui et l'attrapai par le cou. Rabaissant sa nuque, je déclenchai un coup de genou en plein dans son front. Cela sonna si fort que la vibration retentit dans ma cuisse. Comme moi, comme tous, Diawara n'en croyait pas ses yeux. « T'es mort ! » Là, seule une arme ou la foudre auraient pu m'aider. Il me sauta dessus. En reculant, je perdis l'équilibre et, tentant vainement de l'entraîner dans ma chute, je glissai, la pire des choses dans un tête-à-tête. Pour Diawara, ma position planche c'était du cachemire. Se jetant sur moi, il bloqua mes bras avec ses genoux et me gonfla de puissants directs. On dit souvent que les mots tuent, mais ils ne sont rien comparés à la sensation de son évanescence. À chaque pain dans la gueule, je ressentais le tremblement de terre. Au bout de cinq, je hurlais à l'aide : « Sautez, les mecs ! Sautez ! » Mes amis ne vinrent jamais, pas même Juvénal. Et puis ça s'est arrêté.

Le spectacle achevé, les spectateurs se dispersèrent, me laissant avec mes bosses et mon sang. Je refusai la compagnie de Juvénal ; du début à la fin, il m'avait envoyé à l'abattoir. On se reparlerait la semaine prochaine ou jamais. Pensant à Khadija, à ses questions et surtout à sa douche hebdomadaire, j'allai à la pharmacie du centre-ville pour me nettoyer un minimum. Dans la rue, des passants semblaient s'enquérir de mon état par des murmures auxquels je ne pouvais répondre. La pharmacienne fut horrifiée : « Vous êtes du Grand Quartier ? Ah, vous êtes inconscients chez vous ! Il serait temps d'arrêter !

— Oui, Madame.

— On entend des histoires pas possibles ! C'est le Far West, vos tours ! Ne bougez pas ! dit-elle en me débarbouillant à l'alcool. Ce n'est pas très grave, pas besoin de vous faire suturer, ça passera. »

Nous n'avions plus rien à nous dire et si j'y serais bien resté, je repris la route de notre Far West. La police, les pompiers me dépassèrent. S'ils venaient pour moi, c'était trop tard.

J'avais mal partout, pas que dans la tête, partout. Quant au Grand Quartier, il était fou. J'en étais sûr.

Il faut le dire, mon combat me permit de gagner non en respectabilité, mais en durée de stationnement paisible. Juvénal ne s'était pas trompé et j'arrivais à grappiller quelques heures, une à une, sans qu'on ait trop envie de me frapper. Seul Samir persistait, avec ses grandes gifles dans la nuque, toujours par-derrière. Certains prétendaient qu'il avait la haine à cause de ses boutons, la poussée d'acné la plus affreuse de la ville. Pour s'en venger il s'attaquait donc à ceux dont le visage demeurait pur.

De fréquentations nouvelles en mauvaises rencontres, j'étais devenu un membre à part entière de ce Grand Quartier et de la soixantaine de personnes qui y traînaient, de jour et de nuit.

On partait en virée au centre commercial de l'Aiguille, l'un des plus grands d'Europe, accessible en bus, comme Rungis. Dans le fond, sans ticket, on faisait des esclandres. Les fous hurlaient tandis que les passagers priaient. Par la fenêtre, la nationale 7, véritable fleuve urbain, défilait. À la gare routière de l'Aiguille, une quinzaine de bus de toutes couleurs et combinaisons chiffrées venaient et repartaient sans cesse, déposant et ramenant des flux de personnes dans un chassé-croisé que seule l'heure du dîner interrompait.

Un centre commercial aussi immense que l'Aiguille, je n'en avais jamais vu. Il se nommait ainsi en raison de l'antenne radiophonique qui piquait le toit d'une tour à bureaux. Pour y entrer, on passait la plate-forme de parking aérien et ses quatre étages de béton armé, remplis de voitures pleines de familles désireuses d'accéder rapidement à ce temple bâti sur deux niveaux très hauts de plafond, avec des boutiques partout, éclairées de lumières vives et agréables. Les milliers de clients marchaient au ralenti sur du marbre, s'égayant de leur journée. Certains, probablement fatigués d'avoir dépensé, s'asseyaient sur les rares fauteuils. Une voix de femme annonçant des promotions et des enfants perdus interrompait parfois la musique d'ambiance.

Le magasin qui marchait le mieux était évidemment américain. Ils vendent les rêves mieux que personne dans ce pays. Les présentoirs à baskets proposaient des modèles par dizaines, toutes à prix excessifs. Les vendeurs, en tenue rayée noir et blanc, constamment débordés, parlaient à l'oreillette. « La Tuned ! Il reste des tailles ? » « La Air ! Modèle spécial ! » « Appelle le magasin de Créteil ! » « Rupture de stock, Monsieur ! » En observant les clients, on voyait d'étranges illuminations oculaires et des satisfactions faciales, surtout à l'essayage. Ils me rappelaient à mon bonheur, quand j'avais acheté mes baskets avec les chèques volés. Sinon, beaucoup venaient pour se faire du mal et constater leur impuissance, demandant à l'infini des informations sur les tailles et les couleurs. « Je reviendrai la semaine prochaine. » Après avoir prononcé cette fameuse phrase, on fuit vite, sans dire au revoir. Dans la vie, on peut ou on ne peut pas, le reste c'est déjà du mensonge.

Par l'entrée nord, on accédait aussi au BHV, un grand bazar bien tenu, pas comme ceux de Saint-Denis ou de Belleville. Le vigile qui tenait la porte nous regardait entrer avec méfiance. Samir, sorte de chef par défaut, donnait les ordres : « On fait des groupes et on arrache tout ! »

Moi, je me posais au rayon des livres, où je trouvais

des jeunes, parfois des adultes, lisant des mangas. J'optais pour des livres d'histoire, certaines périodes me passionnaient encore. Assis sur un tabouret que des gens de petite taille venaient souvent m'emprunter, je lisais la guerre avec l'Allemagne, la seconde surtout, les Alliés contre l'Axe. J'aimais les cartes, avec les flèches multicolores et les déploiements des armées. Je repensai aux Collines Noires ; ce n'était pas avec des flèches qu'on en viendrait à bout.

Et puis les gars du Grand Quartier se sont mis à venir me chercher, pour la diversion. « Parle-leur avec ta grande gueule ! Raconte n'importe quoi », demandait Samir. Alors je jouais à celui qui voulait acheter. Je n'avais d'ailleurs pas de quoi acheter. La vendeuse du rayon vêtements me proposait ses services et rigolait à mes blagues. Pendant ce temps, ça volait fort. Les vigiles me demandaient ensuite de partir. Samir et Ramo me rejoignaient très pépères, passant sans faire sonner les portiques. On attendait une semaine, le temps qu'ils nous oublient. Et on recommençait. Jamais ils ne partageaient leur butin.

Ce n'est qu'avec Mohamed que je m'y suis mis. Il s'adonnait à la contrebande d'alcool, volant des bouteilles revendues à moitié prix aux alcooliques, fatalement empêchés de recouvrer la sobriété. Surtout un, le meilleur, Monsieur Damota, un ancien professeur divorcé. Il achetait tout ; gin, bourbon, même le cidre. Sa retraite y passait. Un ami ou deux l'aidaient à siffler son stock. Un jour que je lui apportais du martini, il me fit entrer chez lui, le visage jaune comme ma bouteille, habillé de sa robe de chambre et de ses pantoufles kaki. Il parlait à peine dans son appartement aussi triste qu'un bar. J'hésitais, ma bouteille le tuerait peut-être.

Rien n'est éternel, pas même la prison. Ma mère en sortit enfin. On l'attendait chez Khadija avec Madame Davert, le jour du bulletin de notes, l'un des derniers du collège, évacué sans réprimandes ni promesses.

Elle arriva dans la pénombre de l'entrée, sans que je me rende compte des détails. Lorsque nous la vîmes au bout de la table, à la lumière du jour, celle qu'elle n'avait pas dû beaucoup voir dans sa cellule, on a constaté les stigmates de la prison. On ne s'est rien dit pendant des secondes, si lourdes de silence et de la honte qu'on avait tous. Fleury me l'avait rendue effrayante. Des sillons de vieillesse parcouraient son visage et des caillots marron croûtaient ses doigts. Ses cheveux courts, mal teints à la couleur rouille lui donnaient quarante siècles. Elle ne serait plus jamais belle.

« Maman, t'as quoi au bras ? » lui demandai-je en constatant des cicatrices. « C'est rien, mon fils. Ça va s'arranger. » Gênée d'avoir à se justifier autour de cette table du reproche, elle tentait de sourire, accompagnée du coin des lèvres par Madame Davert. Ce fut pire, puisqu'on s'aperçut qu'à la mâchoire inférieure quelques paires de dents manquaient. Là, j'ai dissimulé mon visage dans mes mains, priant pour ne pas m'effondrer. « Je vais avoir un dentier, mon fils, la semaine prochaine », dit-elle, pensant me rassurer. Madame Davert avec son éternel optimisme déclara que nous allions reprendre nos week-ends.

Au fond j'étais ravi, j'allais enfin souffler du Grand Quartier et de la maison de Khadija, peut-être même réfléchir. Mais dès le premier week-end, je ne la trouvai pas. La voisine d'en face, après m'avoir bien espionné par son judas, m'ouvrit sa porte. « Tu es le fils de Nora ? Entre, entre. » Cette jolie Ivoirienne qui prenait soin de son appartement à cuisine américaine s'appelait Régina et ses seins étaient gros comme ma tête. Il m'en fallait de la concentration pour ne pas lui demander si je pouvais les toucher.

Elle me servit une grenadine gazeuse et attaqua. « Je suis désolée de te dire ça mais tout l'immeuble se plaint de ta mère. Depuis qu'elle est sortie de prison, elle nous fait plein de misères. Parfois elle tombe dans les escaliers et s'évanouit. Les pompiers viennent la chercher et l'emmènent aux urgences. Quand elle est dans son état normal, elle est pourtant adorable et parle souvent de toi. Elle dit qu'à l'école tu es très fort. » Elle savait me flatter, Régina, j'en avais encore plus envie.

Tout hospitalière qu'elle était, je compris qu'il fallait la laisser et, au moment où je m'imaginais faire le chemin inverse, ma mère et son nouveau visage arrivèrent. Elle portait un sac discount rempli de vêtements. « Ah, mon fils… Mon fils. Pardon. Viens, mon fils ! » dit-elle d'une voix incohérente. Dans son entrée, on ne voyait qu'une chose, un long couteau de boucher coincé dans la fente du compteur électrique.

Je découvris bientôt l'origine de ses problèmes, sa nouvelle addiction aux médicaments. À côté de son verre saumâtre à dentier, les armoires jaunissantes de vieillesse et de tabac débordaient de boîtes, à croire qu'elle souffrait de toutes les pathologies possibles. Je cherchais des indices dans les ordonnances. Toutes promettaient un état de fatigue mais aucune ne disait la vérité de l'épouvantable spectacle que ces molécules provoquaient.

L'intérieur de la maison s'enlaidissait, devenant toujours plus terne et marron, ravagé d'une avalanche anarchique d'objets et de vêtements puisqu'elle avait le syndrome de Diogène le Cynique. Elle ramassait les rues. La cuisine, pièce ignoble, ressemblait à une poubelle. Des plats en sauce, des poulets faisandés, des conserves pour réfugiés, la nourriture était étalée à l'air frais des jours durant. De l'évier au réfrigérateur, en passant par les placards, des bataillons de cafards grouillaient autour de ces plats avariés distribués par tous les secours populaires du département. C'était mon occupation préférée de les exterminer, ça m'occupait jusqu'au dimanche. En retournant à Courseine, il m'arrivait de la laisser, zombie édenté, avachie sur son canapé, le pantalon enfilé à l'envers, la toile assombrie par ses écoulements d'urine.

On a tout de même repris nos habitudes. Parfois elle m'envoyait passer la nuit dans un pavillon de notre rue. Je ne l'avais jamais vu avant, mon hôte, un Arabe. Il m'installait dans sa chambre. La première fois, en fermant les volets, j'ai regardé la fenêtre de chez ma mère. La lumière était allumée et les rideaux fermés, comme des ombres chinoises. Elle n'était pas seule. Une idée germait, c'était en face de moi ; la rue à traverser, les escaliers à monter et j'avais ma réponse. Mais parfois, vaut mieux ne pas savoir. Heureusement, elle se diversifiait et stockait du cannabis pour deux voyous de sa ville. Eux me rassuraient, ils l'aimaient bien sans la toucher. On jouait à la console et j'espérais qu'ils me transmettent à terme leur savoir-faire.

À sa façon, Madame Khadija était comme ma mère, accablée. Si elle contrôlait encore la douche et le frigidaire, la fois où j'étais rentré à minuit, battant mon record, elle ne sut que me dire. Les soucis de Radia la voisine l'avaient même émue. Son mari était mort, chez elle. On entendait la fille crier la nuit. J'avais envie de descendre pour présenter mes condoléances et savoir si j'allais mieux dormir. Finalement c'est Radia qui est montée, je lui ai ouvert. Elle était en deuil. Un deuil dans la misère. La pauvre cherchait de l'aide. Elle a commencé à cinq cents euros. « Même cent », a-t-elle fini par dire. À part un bisou sur la main, je n'avais rien à lui donner.

Chorba profita de cette période pour rentrer, avec une drôle de tête, toute bronzée. Je lui demandai où il avait passé ses longues vacances mais il n'était pas parti. Son teint orange résultait des effets d'une crème autobronzante et des cabines à UV du centre commercial de Créteil qui se nommait d'ailleurs Créteil Soleil. Il avait eu le temps de se refaire, c'était manifeste. Son téléphone et ses tenues étaient neufs, pas du luxe mais des vêtements de la nouvelle mode, jeans troués et vestes brillantes, ainsi qu'un nouvel ordinateur et la dernière console. Comme il payait l'électricité, on pouvait tout utiliser sans problèmes. Quand on navigue sur l'ordinateur, fatalement on arrive à la pornographie. Il était temps, à mon âge tout le monde giclait déjà. J'ai lancé un film ; les seins, les fesses et les chibres défilaient. Pour être sûr de ne pas m'être trompé, dans la demi-heure je recommençai deux fois. Enfin j'étais un homme.

Au mois d'avril déjà bien entamé, Chorba me demanda de l'assister un samedi entier pour que je lui colore les cheveux et comme toujours j'acceptai. « Cet été je vais être beau gosse et je vais toutes les serrer. Je vais me faire passer pour un Italien ! » me dit-il en préparant sa mixture. « Tu m'en mets partout ! Tu malaxes comme si j'avais des poux ! » Avec une spatule en bois et des gants en plastique, j'appliquai son mélange tandis qu'il lisait un journal gratuit, celui des annonces sentimentales. Il lut à haute voix une annonce, celle d'une femme habitant à Meaux avec son chien. Elle assurait être jolie. « On va tester ! » Il arrivait tard, la femme avait déjà trouvé l'amour. Il en appela d'autres, se présentant sous le nom d'Enzo, promettant des voyages en Thaïlande ou en République dominicaine. Une Julie paraissant enfin accrochée, il me fit signe de le laisser.

Au salon, Madame Khadija, avec un gros coussin sur les genoux, louchait sur la télévision éteinte. Elle me remarqua à peine et ne sachant quoi dire, je lui parlai du Maroc. « C'est fini, le Maroc. » On est donc restés sur le canapé, à regarder son horloge dorée moulée dans une sculpture en forme de coq, les jolies assiettes décorées à la peinture et les petits tableaux avec des sourates. Chorba me rappela. La chambre puait l'ammoniaque et ses cheveux ressemblaient à son visage tout orange. « Normalement je devrais être platine ! Allez, seconde couche !

— Tu vas perdre tes cheveux !

— Ferme-la ! Seconde couche !

— Et Julie ?

— Je l'emmène avec moi à Punta Cana !

— Qu'est-ce qu'il s'est passé au Maroc ? C'est fini vient de me dire Khadija. »

Il ne parut pas surpris. « T'es au courant ? » Bien mentir quand on ne sait rien, c'est compliqué, mais ne pas essayer c'est une erreur. « Oui, mais pas des détails. Comment il va, Zoubir ? j'ai dit pour le démarrer.

— Miskine Zoubir. »

Pour le faire parler, je lui massais les cheveux avec application, l'amadouant jusqu'à ce qu'il s'oublie.

« Tu te souviens de Djamel, le frère de Khadija ? Il s'était fait élire maire de son quartier mais il a dérapé. D'abord avec Zoubir qui commençait à vraiment réussir et a demandé à Djamel de le protéger parce qu'il voulait ouvrir un business de voitures importées à Tanger avec un associé. Djamel, son problème c'est qu'il a les yeux plus gros que le ventre. Et pourtant t'as vu son ventre ! Il a demandé cinquante mille dirhams à Zoubir. Le petit il a donné, pensant que c'était suffisant et que son oncle lui ferait pas à l'envers. Sauf que la police de Tanger est venue aussi demander sa part. Il pouvait plus, Zoubir.

« Ils lui ont donc expliqué que c'était pas en règle. Ils ont laissé Zoubir tranquille et ont commencé une enquête sur Djamel. Même s'ils sont tous corrompus, dès qu'ils peuvent en faire sauter un, ils le font. En cherchant ils ont eu un tuyau, un truc horrible, tu vas pas me croire. Entre-temps Djamel s'était mis à faire maquereau, avec sa maîtresse, un tapin de Rabat, là où il se croyait intouchable. C'est sordide mais si t'es prêt à le faire, tu te fais des couilles en or ! Au début, il la couvrait quand elle allait dans un hôtel avec ses clients. Après, le tapin lui a dit qu'elle connaissait d'autres filles. Leur histoire d'hôtel ça devenait trop cramé, alors il a organisé un bordel dans la maison de Khadija.

« Et le pauvre Zoubir, il tournait en rond. La police de Tanger voulait pas lui donner son autorisation. Alors Djamel, il a proposé de le rembourser. En le faisant travailler. Cet abruti de Djamel en a fait son gardien de bordel. Il nettoyait, faisait patienter les clients au rez-de-chaussée. Pendant ce temps, la police a continué son enquête. Et ils ont attrapé Zoubir. Prison ou aveux. En mode binaire. Évidemment il a tout raconté, tout vomi. Avec l'histoire de Tanger plus celle-là, ils ont arrêté Djamel sans aucun problème.

— Mais c'est vrai ce que tu me racontes ?

— Bien sûr que c'est vrai ! C'est comment mes cheveux ? »

Ça me fit du bien de me concentrer sur autre chose tant son récit m'oppressait. Les cheveux devenaient enfin gris mais son crâne, décapé, donnait dans le rouge vif. J'ai tiré sur une touffe pour voir si ça s'arrachait mais ça tenait.

« C'est mieux mais t'as des croûtes rouges au bord des cheveux.

— Magnifique ! Quand y a les croûtes c'est que ça fonctionne.

« Évidemment, la mère de Zoubir l'a appris. Elle a pensé direct aux mandats de Khadija, ceux qui lui permettent de vivre. Donc elle lui a tout avoué. Khadija, elle a tenté de sauver Djamel, ils ont voulu lui mettre vingt ans ! On a négocié, je l'ai aidée. Mille euros par année de prison ! Ils lui ont tout pris à Khadija ! Mais il manquait encore. Ils ont donc déporté Djamel dans le désert, dans une base militaire. Au bout de deux mois, ils l'ont foutu au sud dans un bataillon de mercenaires, contre le truc, là.

— Le Front Polisario ?

— Ouais voilà, Polisario. J'y connais rien mais c'est un truc de fou il paraît. Ils donnent des armes aux taulards et les envoient en première ligne. Ensuite ils attendent, parfois les militaires les aident, parfois non. Après une attaque, sur dix ils sont revenus à deux. Djamel, à la base c'est un policier, un gros lard. À part manger, il sait rien faire. Comme il voulait pas mourir, il a supplié Khadija de payer encore. Elle a pas pu dire non, ils sont à la vie à la mort ces deux-là. Donc elle a hypothéqué la maison du Maroc et la banque l'a forcée à la louer. La femme de Djamel, elle est retournée d'où elle venait, et lui maintenant, il galère toujours dans le désert à surveiller le sable. Il en a encore pour un an ou deux, grand maximum. Zoubir on sait plus où il est et Khadija, elle est dans le salon, son nom sali à jamais. »

Chorba, content d'être devenu blond, me demanda d'oublier cette histoire. J'ai attendu et je suis retourné retrouver Khadija. Elle regardait ses sourates. N'osant pas lui dire que Dieu l'avait lâchée, je me suis mis à côté d'elle et j'ai pris sa main. De l'affection lui ferait du bien.

Heureusement pour le printemps et pour l'été qui s'annonçait sans vacances, les gitans, probablement fatigués d'avoir volé, nous rendirent le parc de Courseine. Personne ne les regretterait. Dans ce parc, suffisamment grand pour éviter de croiser les familles, on se posait avec mon équipe et des filles. Anaïs venait également, pour m'ignorer. Ne pas être le seul à être exclu des relations amoureuses me permit de l'accepter. Les garçons l'étaient pour des raisons qui m'échappaient, les filles pour des raisons de réputation et de grands frères. Et puis nous étions comme des miroirs, habillés pareil, les mêmes problèmes à la maison. Garder mes secrets ne fut finalement pas difficile puisque personne ne parlait de ses parents. Au fond, on en avait tous un peu honte.

Ni satisfaction ni regret pour mes amis cancres, les mauvaises notes avaient choisi pour eux, voilà tout. Au lycée, Juvénal, Mohamed et ceux qui continuaient furent dirigés dans la même section électrotechnique, comme si on leur avait décelé un don collectif pour la chose.

Pour la première fois, on résidait ailleurs qu'à Courseine et, même si on ne traversait qu'une ville en bus, on était contents. Ça nous passa vite. Le lycée polyvalent Adolphe-Thiers, massif et moche, ressemblait à un hôpital reconverti, peuplé d'inconnus, filles et garçons des villes alentour.

Notre contingent du Grand Quartier, une quinzaine, se fit rapidement remarquer. Le couloir qui nous servait de base se trouvait sous le préau, en face des bureaux vitrés des surveillants, dirigés par le conseiller principal Papadollar. Il comprit qu'on ne serait jamais sages. Dans ce couloir, on jouait au petit pont massacreur avec une canette pliée. Malheur à celui qui la recevait entre les jambes. On l'abattait comme on faisait aux Collines Noires et, lorsque c'était mon tour, mes amis redoublaient d'ardeur. J'en garde d'ailleurs une tache indélébile, à côté du cœur.

J'étais bien seul en section générale, perdu parmi les gens de Villeneuve. Rungis-Ville aussi. C'est un petit cocon là-bas, comme un village, bien caché, derrière le grand marché. Je connaissais grâce à Madame Davert, qui m'y avait emmené une fois ou deux pour nos repas du mercredi.

Passé la rentrée, deux volontaires, Joachim et Marine, se firent élire à la délégation. Mon vote alla à Marine que j'aimais bien. Pas le coup de foudre mais autre chose. Avec ses yeux bleus, son nez retroussé et sa frange, elle ressemblait aux femmes qu'on voyait sur les tableaux. Et puis elle avait une certaine grâce, qui lui venait de la danse classique, dont elle répétait les pas dès qu'elle le pouvait, dans les couloirs ou la cour. On oublie tout alors, même Anaïs, devenue banale, perdue en filière sanitaire et sociale.

Joachim, avec ses cheveux mi-longs, toujours vêtu de noir et de rouge sanguin, était connu pour sa passion du métal. Il en parlait beaucoup. Toujours très fort. « C'est comme vous avec le rap ! Avec mes potes, on a un groupe. On a un guitariste et un chanteur, moi je suis à la batterie ! On a fait un concert cet été. T'aurais vu, on était en transe ! Faut que tu viennes au prochain ! »

Ses mœurs sataniques ne s'arrêtaient pas là. Revenu des funérailles de sa grand-mère, il m'expliqua qu'au lieu de l'enterrer ses parents l'avaient calcinée et mise dans un vase. « On croit en rien ! Alors la grand-mère on l'a brûlée à l'incinérateur ! C'est de la poussière maintenant ! En hiver on va aller la disperser à La Réunion, là où elle est née ! » J'avais tenté de le raisonner en lui disant qu'ils iraient en enfer, condamnés aux châtiments éternels qu'on réserve aux pécheurs de son espèce. Les quelques arguments de mes cours d'islam ne l'inquiétaient pas, ses parents auraient la même fin.

En plus de la musique, il avait d'autres passions, la politique notamment. En cours d'économie, alors qu'on parlait de la création de richesses, il interrompit le professeur : « On s'en fout de l'argent ! Aujourd'hui y a manif ! Malgré la tentative de Brassac, elle est maintenue ! » La leçon commençait pourtant à m'intéresser. « C'est contre la guerre en Irak ! Les Américains ont encore fait une bavure la semaine dernière ! C'est quoi le plus important, la richesse ou l'Irak ? » Le professeur d'économie, sensible à cette cause, autorisa ceux qui le désiraient à rejoindre les perturbateurs politiques. J'ai donc suivi. À l'époque, je prenais mes petits déjeuners devant les images de ces bombes nocturnes qui éclairaient la nuit au filtre vert infrarouge. Des enfants en pleurs, des femmes qui crient, la poussière et les bâtiments détruits. Comme Madame Khadija et Kumar, j'étais bien démoralisé en voyant ça.

Alors on y est allés, Joachim en tête. « On va rien changer, mais on le fait pour le principe ! » expliqua-t-il. Devant la grille du lycée, nous rejoignîmes une cinquantaine de manifestants et leurs banderoles revendicatives, aucun cancre de la filière professionnelle si j'en croyais les apparences, que des Français sérieux, et moi donc. Joachim donnait le tempo. « *US go home !* » « Irakiens on vous aime ! » On criait ses slogans en sautillant.

Un seul spectateur nous regardait, le proviseur Brassac, en costume, immobile, surplombant notre attroupement du haut de son centre bureaucratique. Joachim me raconta son pedigree. « Dans sa famille, il y a un facho par génération ! Un grand-père fusillé dès juin 45 ! Un oncle qui était Algérie française ! Et lui, il paraît qu'il est venu à Thiers parce qu'il est antisocial ! Tu sais que Thiers c'est le bourreau de la Commune ! »

J'en savais assez pour mieux lire la tronche de Brassac et comprendre qu'il n'en avait rien à faire des Irakiens. Nous inspecter, voilà ce qui l'intéressait. Un lycéen de terminale distribua des tracts pour la manifestation de novembre à Paris, censée être immense, avec des participants de l'Europe entière. Je promis d'y aller.

Quand j'eus raconté ma première manifestation politique à Madame Davert, elle en fut ravie et m'encouragea. J'y croyais également, même si je préférais l'économie. À la bibliothèque du lycée, j'avais volé le magazine *Capital*, consacré aux salaires des grands patrons. Ces hommes dont j'appris l'existence travaillaient dans la banque et les hydrocarbures, prenaient l'avion tous les jours et gagnaient des millions d'euros. Dans ce classement, l'un d'eux, Philippe Bordereau, le directeur de la banque TGF, gagnait quatre millions l'année, une somme qu'il trouvait tout à fait justifiée. « Mon entreprise est rentable, les investisseurs ne s'y trompent pas, voyez comme ils nous soutiennent. » Il n'avait pas tort, quand c'est rentable, il faut croquer, c'est ce qu'on cherche tous.

Ces histoires et ces mouvements m'enchantaient, mais en voie générale on doit aussi faire ses devoirs, fardeau auquel j'étais devenu allergique. Au lieu de lutter, je m'étais fait une raison, après avoir appris que mes notes déjà médiocres me permettraient l'accès à la section technique. On pouvait aussi y obtenir un baccalauréat. De réputation, il ne nécessitait aucun effort et ne promettait aucun avenir.

Ma mère me préoccupait. Elle avait lâché, achevée par Fleury. Répudiée par sa famille, plus rien n'avait d'importance désormais. Ma sœur ne l'appelait même plus. Elle me dégoûtait aussi et, dans la rue, je la forçais à ne pas marcher sur mon trottoir. Fallait la voir dans ses crises dépressives toujours plus fréquentes. Elle hurlait : « Je suis terroriste ! Je suis Ben Laden ! » Il avait remplacé la princesse Diana dans son cœur. Elle ne parlait plus que de lui et de l'Irak. Joachim, à qui je m'étais confié, à bout de patience, me conseilla d'en faire une combattante. Mais à défaut d'aller au djihad, c'est à ses voisins qu'elle faisait la guerre. Par ricochet, ils se mirent à me haïr. Dans l'immeuble, les maisons d'en face, au café ou à l'épicerie, j'étais catalogué fils de Nora. Ils me reprochèrent ses cris et ses dettes. L'excuse du petit enfant qu'on plaignait n'opérait plus. Il était mort, quelque part entre Fleury et le 11-Septembre.

Qui s'occupait d'elle ? Les urgences surtout. On m'appelait sans cesse pour me raconter ses problèmes, les soins intensifs consécutifs, son flirt permanent avec l'autopsie. « Je ne peux rien faire pour ses soucis médicaux, me raconta son tuteur. On l'envoie en maison de repos tous les trois mois, c'est nous qui payons la facture. Elle commence à nous coûter cher d'ailleurs.

— Vous pouvez lui interdire de prendre des médicaments ?

— Non, même sous le statut de la tutelle, on ne peut pas faire ça. Il faudrait l'interner mais ce n'est pas une décision facile à obtenir, encore moins à financer. Certains adultes dans sa situation attendent depuis deux ans. »

Je connaissais bien ce genre d'adultes. Au Grand Quartier on en a aussi, on les esquive, eux, leur misère et leurs projets foireux. Ces bons à rien venaient chez elle, heureux de profiter d'un appartement et du chauffage, s'accommodant aisément des cafards. Je ne sais pas où elle les ramassait, mais j'en ai vu quelques-uns, de ces hommes aux cernes bleuis par les coups de poing, la peau piquée de rouge, les dents manquantes. Quand je posais des questions sur leur présence, ils fuyaient ou pleurnichaient. L'un qui me causait du souci par sa régularité fut Régis, notre associé des faux chèques. Il rôdait fort. Je le soupçonnais de tout. Devenu gringalet et miséreux, il alternait prison et province, comme l'attestaient ses lettres, farcies d'autant de fautes que de chimères : « Je vais faire une formation. » « Je vais m'en sortir… » Mais il revenait toujours, plein de promesses. « Je vais faire dix mille, bientôt ! Je vous en donne ! » J'y ai cru le jour où il rentra avec un revolver allemand, neuf et chargé. C'était le premier que je voyais. Par la fenêtre de la cuisine, on a tiré deux balles au ciel.

Il fallait opérer à la source. J'ai pris une ordonnance, y en avait toujours, et je me suis rendu au cabinet de son médecin, au rez-de-chaussée d'un immeuble de la grande avenue qui menait à la gare de sa ville. Les problèmes venaient donc de cette maisonnette. Dans la salle d'attente patientait une dame tellement fatiguée qu'elle fondait sur sa chaise. Elle me paraissait terrible sa vie, supportée par ses mollets, tout gonflés, tout veineux. Je fouillai la pile de magazines datés de l'époque des francs pour ne plus la regarder. « C'est pas facile, c'est pas facile… », qu'elle se plaignait, le temps que son mari arrive. « On y va, ma chérie », dit-il à ma voisine. Et les deux repartirent dans leur galère.

« C'est vous le dernier ? » Presque aussi gros que le patient précédent, les cheveux gris, plaqués en arrière, le médecin me fit entrer dans son cabinet, mariné à la misère de sa clientèle.

« Vous vous occupez de ma mère, c'est marqué sur l'ordonnance. Elle s'appelle Nora.

— Oui, oui. Eh bien ?

— Comme vous êtes son psychiatre, vous pouvez m'expliquer pourquoi ma mère est comme ça ? Elle doit vous le dire quand vous lui parlez. C'est la prison ?

— Je ne suis pas psychiatre, je suis généraliste.

— Mais c'est vous qui lui donnez des médicaments ?

— Non. Je ne fais que lui prescrire. C'est la pharmacie qui lui donne.

— Mais elle a fini plein de fois à l'hôpital à cause de vos médicaments, docteur. En plus elle est sous tutelle.

— Je le sais parfaitement mais j'ai le droit de faire ce que je fais, ça marche comme ça en France. Ma journée est finie, je dois vous laisser.

— Vous avez déjà essayé de les prendre ?

— Non. »

Plus je regardais cet empoisonneur, plus j'avais envie d'agir. Là, j'aurais pu en faire ce que je voulais. L'égorger, par exemple.

Je ne suis pas allé voir les pharmaciens, les vrais coupables. Je m'en suis remis à Dieu. Pas que je croyais à ses miracles, ni ici ni en Irak, mais j'espérais que ma mère en aurait encore peur. À la mosquée de Courseine, après mes ablutions falsifiées, je rejoignis les fidèles sur le tapis, tentant à peine d'imiter la prière, toujours dirigée par l'imam Fouad, toujours en djellaba, la bouche murmurant le Coran. Il prêcha ensuite ses traditionnelles menaces d'enfer. La mosquée vide, j'embrayai sur le sujet. « Une catastrophe, Fouad ! Je sais plus quoi faire avec ma mère.

— C'est le diable, Skander ! Le diable !

— Ils l'ont pas trouvé, Fouad. Pourtant ils l'ont cherché, avec des tuyaux, dans son ventre, dans ses fesses…

— Dieu est grand. Il t'adore. N'oublie pas ton créateur.

— Oui, oui. Vous avez pas des techniques d'exorciste ? On n'en a pas chez nous ?

— Nous sommes musulmans, pas sorciers. Tu sais ce que disent nos écritures ? Pas de contrainte en religion. Tu ne peux pas forcer ta mère, mais tu peux la guider. Le ramadan, la prière, le voile, les chants coraniques, on a plein de moyens. Dieu te le rendra.

— Dieu l'a abandonnée.

— Ne dis pas ça ! Dieu n'abandonne personne. »

Pour me le prouver, il me donna des cassettes et un voile.

De retour au taudis, j'ai enclenché les cassettes de sourates, puis je me suis approché doucement de ma mère, encore sous médicaments, profondément assise dans son canapé. Le voile dans les mains, j'ai tenté de lui mettre mais je n'avais pas la technique. J'ai serré fort au niveau du cou. Ça l'a réveillée, jusqu'au délire. Elle a éructé des souvenirs. « Tu veux m'étrangler ? Comme ton père ! Il m'a violée ! Toi aussi tu vas me violer ? » Elle m'a claqué le visage. J'ai rendu la gifle, en plus fort. J'avais envie d'en mettre dix. Je voulais qu'on me laisse tranquille.

« Depuis trente ans, la délinquance, on le sait, gangrène les agglomérations françaises. Elle atteint désormais nos beaux villages. Les fléaux sont bien connus : trafic de drogue, violences urbaines, infractions crapuleuses… Dans ces zones de non-droit, la voyoucratie, le grand banditisme et les islamistes s'attaquent sans relâche aux institutions de la République. Aucune n'est épargnée, pas même les pompiers. Évidemment la police et, dans une moindre mesure, la justice luttent pour freiner cette irrésistible expansion. Mais leur travail est rendu délicat par l'ampleur du phénomène. Si les parents de ces voyous sont pour la plupart d'honorables citoyens, beaucoup ont démissionné de leur rôle et, pire, certains sont complices. » À la fin de ce reportage de la première chaîne, le présentateur discuta avec le ministre de l'Intérieur, sérieux et déterminé, qui expliqua ensuite le combat quotidien des policiers.

Dans *Le Parisien* et sur les blogs, il était également question de cette délinquance chronique, répandue dans toutes les villes à cités hostiles. À Courseine aussi, on tentait de faire jaillir l'argent de partout, abrutis de puissantes idées criminogènes. Pendant des heures, les oreilles remplies de rap, le cerveau chauffant, nous ne rêvions plus que de ça. Comme tout le Grand Quartier, je développai un intérêt croissant pour ces choses. L'été, j'avais observé les dealers, braqueurs, falsificateurs et autres receleurs. Sans oublier les menteurs.

À ce troupeau, il fallait ajouter les têtes nouvelles, inconnus parfaits, cousins inventés d'un tel ou d'un tel, presque tous des mythomanes en cavale devenus soudainement l'objet de curiosités, respectés en deux semaines, déclinant de grandes idées à cinq chiffres.

Pour exister, j'incrustais des conversations, donnais mon numéro de téléphone. Mon salut viendrait de mon agitation, pensais-je naïvement. Hélas, tous y étaient indifférents. Je passais au mieux pour un curieux, au pire pour une balance potentielle. Et les meilleurs plans demandaient une grande disposition au-dehors. Il ne fallait jamais rentrer chez soi pour espérer se faire repérer par les grands du quartier, qui ne sondaient les ambitions et les capacités qu'à la lumière de la lune. Mais la nuit, on y est ou on n'y est pas. Hélas, Khadija m'empêchait d'y demeurer.

Par dépit, je me mis à fréquenter les gens de la gare, démons déphasés par l'alcool et la drogue, les pires de Courseine. Leur mode opératoire du moment consistait à menacer au couteau les vieilles dames pour qu'elles retirent des billets aux distributeurs. J'ai donc pris mon couteau, attendant en capuche devant la poste. Derrière un buisson, j'observais les vieilles. Elles venaient mais je ne bougeais pas.

Notre infortune finit toujours par se révéler aux autres. Alors on les déteste. Et soi-même avec. Au Grand Quartier, la mienne n'échappait à personne, surtout pas à Samir, la plus grande des salopes. Quand il passait en voiture, il en sortait pour rameuter témoins et coupables, tous apeurés par sa force. En séance publique, il humiliait les bons à rien, l'un après l'autre. J'étais du lot, trahi par mes vêtements, de moins en moins renouvelés. Surtout par mon coupe-vent, survivant du collège, un peu serré, très râpé. Je l'appelais « ma peau » tellement je ne le lâchais plus. Les rires de mes prétendus amis m'achevaient. L'avaient-ils jamais été ?

Tout m'écorchait, le lycée Thiers aussi. Surtout son architecture. Ce domaine, je ne pensais pourtant pas y être sensible. Mais cet immeuble blockhaus m'y obligeait. Et le conseiller principal Papadollar s'occupait en personne de me surveiller, redoublant d'avertissements en tous genres, contresignés par le proviseur Brassac.

Chorba ne pouvait rien pour moi, au contraire. Il s'était mis aux activités légales. L'urgence, impérieuse, l'y poussait. « Mon père donne plus de nouvelles depuis des mois. Il paie plus sa pension à Khadija. Il faut que je me trouve un appartement sinon elle va me faire sauter. » Je n'y trouvai rien à redire, elle le mettrait dehors sans aucune hésitation. Après avoir tenté des formations non payées, il chercha du travail. « T'as pas d'idée toi ? » C'était beaucoup me demander. Je lui parlai néanmoins d'une annonce lue dans un prospectus gratuit. Un nouvel opérateur téléphonique cherchait des commerciaux pour sa formule Internet. On en parlait beaucoup et partout. En deux jours, il fut embauché. « Ils prennent tout le monde ! »

Mais pour toucher sa commission, il devait recruter des clients. Après s'être mangé des refus en rafales, il se mit à remplir des centaines de bons de souscription frauduleux, piochant au hasard des identités dans l'annuaire, espérant que ces inconnus les transformeraient ensuite en abonnements. Je fus mis à contribution. En m'acquittant de ma tâche, j'avais envie de lui dire : « Quand tes faux clients recevront le vrai contrat, ils ne le confirmeront jamais et appelleront pour se plaindre ou porter plainte. »

Dans ma quête pour me faire une situation, inféconde mais maladive, j'usai la dernière cartouche de mon réseau, en allant voir Mohamed qui avait trouvé sa voie dans le cannabis avec son cousin de Vitry. Son bureau se trouvait dans la chambre d'un appartement qu'une femme seule lui réservait, pièce aux fenêtres intégralement scotchées. Lui avait déjà arrêté le lycée. « Le bureau des stages m'a envoyé dans une entreprise de Portugais. Ça se voyait, ils m'aimaient pas. Dès le premier jour, ils m'ont fait monter sur le toit d'une maison de trois étages pour enlever des tuiles et y faire passer des câbles. Je l'ai fait, je trouvais ça marrant, ça rappelait quand on grimpait partout. Le contremaître, un vieux Portos fatigué, tu sais il m'a fait quoi, ce bâtard ? Un moment, je sentais qu'il tenait plus la corde de rappel. J'ai failli tomber. Je descends, je le vois avec une bière. Balayette. Fin du stage. » Que répondre ? À sa place j'aurais fait pareil.

Une lueur apparut enfin lorsqu'il m'entretint d'un business de revente de lunettes Cartier. J'écoutais avec attention, Madame Khadija possédait des bijoux de cette marque. « Les lunettes, tu les achètes aux blédards à Clignancourt et tu les revends ensuite le double.

— Ils sont bizarres, les blédards.

— Tu peux pas faire sans eux. Tu commences doucement, une paire, deux paires. Or blanc, or jaune. Y a pas de risques.

— J'ai pas d'argent pour acheter de l'or.

— T'es bête ou quoi ? C'est des fausses. Tu dis que c'est des répliques, que ça sort de la même usine que les vraies.

— Et tu veux pas venir avec moi ?

— Frère, j'ai aucune raison d'y aller. »

Évidemment qu'il n'avait aucune raison de m'accompagner. Nous n'étions plus dans la même dimension.

À cause de sa perversion croissante, Dimitri nous quitta. Personne ne fut surpris chez nous, on l'attendait au tournant depuis qu'il avait saboté les rideaux de sa chambre avec son jus. Le jour où Khadija voulut les laver, il fit du zèle pour retarder la machine. Les rideaux ressortirent, marqués à jamais de taches jaunâtres. « Petit porc ! Tu me dégoûtes ! » l'humilia-t-elle. Plus tard elle retrouva Dimitri fouillant dans les poubelles d'un producteur de films pornographiques qui avait ses bureaux dans notre ville. Puis il passa de la théorie à la pratique, sur une fille de son collège, par attouchements répétés et déshabillement forcé dans les toilettes. Ce fut la dernière étape de sa dérive. L'ASE décida de le placer dans un foyer spécialisé. On perdait un petit frère, Khadija un salaire. Elle profita de ce moment pour voyager au Maroc. Cinq jours pour tout enterrer. D'abord sa sœur Salma, morte de pauvreté, puis sa maison et ses projets, probablement mal vendus en dirhams. Et surtout l'oncle Djamel, toujours aux mains de l'armée du roi. « Qu'il se débrouille pour sortir du désert ! Je leur ai tout donné, Dieu m'en est témoin. Ils vont comprendre maintenant ! » me dit-elle, comme pour se convaincre de ce choix.

Délivrée de son passé, elle décida de se reprendre, persuadée que Dieu était de son côté. Elle commença par rappeler le président des Champs-Élysées, Monsieur Esambert, afin qu'il lui trouve une place de ménage à Paris ; de préférence chez des riches et pourquoi pas chez lui. Après avoir répété, elle se fit toute mielleuse au combiné, énumérant ses références et son don pour l'aspirateur. Aguicheuse elle l'était, avec moi aussi. Désormais fardée de cosmétiques et sertie de bijoux, elle m'interrogeait sur sa beauté ressuscitée. De sourires en regards papillonnants, elle attisait ma conscience d'énièmes pensées malsaines.

Un jour qu'elle s'en allait passer un entretien, elle me demanda d'accompagner Kumar qui devait visiter Dimitri. Ça rassurerait Madame Davert, me dit-elle en nous déposant au bout d'une rue, devant un grand pavillon de cette ville du Kremlin-Bicêtre qui, contrairement à Courseine, touchait Paris. Ce fut là le premier foyer que je visitai et de ce que j'en savais, valait mieux ne pas y être. Des réfugiés de guerre, des violés ou des futurs violeurs, et parfois pire, c'est ce qui s'y trouvait. On observait une tendance à l'influence chez ces orphelins qui s'adonnaient à toutes sortes d'expériences. C'est ce que j'avais évité en restant chez Khadija.

Toutes les portes étant ouvertes, nous entrâmes sans sonner. Dans la salle d'attente, des chaises et des tables nous regardaient. Je lisais les articles de la Déclaration des droits de l'homme dont un poster trônait au-dessus de la cheminée. La propriété, le droit de vote, la démocratie et d'autres mots importants dont on nous parlait en classe me firent légèrement réfléchir.

Une dame vint enfin à moi, se présentant comme la directrice. Elle ressemblait à Madame Davert que j'évoquai pour expliquer les raisons de ma venue. La directrice se lança alors dans son éloge, l'appelant la fée et lui étant reconnaissante de l'avoir formée. « Tous les enfants la réclament ! » conclut-elle.

Une dizaine de jeunes, dont Dimitri, arrivèrent. Ils semblaient joyeux. « Bon, Kumar, tu parles de sexe à personne ! T'as compris ?

— C'est péché, le sexe !

— Je te connais, petit vicelard. »

Dimitri nous sauta dessus et nous amena au salon. Son sourire, ses yeux, quelque chose allait mieux.

« On était au musée à Paris ! Je fais du théâtre maintenant !

— Mais tu sais pas lire ! »

En voyant sa tête, je tentai de m'excuser.

« Elle vient quand, Tata Khadija ? »

Je ne répondis pas et les deux se retrouvèrent enfin.

Tous ces enfants que j'observais me semblaient bien sages, peut-être même heureux d'être réunis ici, entre semblables, à l'abri du malheur des familles. La directrice me surveillait fort, son œil me tournait autour. « Alors vous faites quoi, vous partez ?

— Je vais rester, c'est bien ici.

— Vous ne pouvez pas rester avec les enfants. En plus, leurs parents vont arriver. »

De nouveau dans la salle d'attente, j'ai relouché sur

la Déclaration avant d'observer par la vitre le va-et-vient des visites parentales, adultes ridicules pour la plupart. Certaines mères, venues avec leurs hommes du moment, avaient tenté de se rendre présentables, habillées de vêtements de pacotille. Toutes sortaient sans cesse pour fumer des cigarettes. Je croyais voir la mienne.

Le néant s'interrompit quand la directrice ouvrit la porte sans mot dire, souriante et mystérieuse. Un homme, grand et athlétique, entra.

« Je te présente Emmanuel Perrinet, il va te tenir compagnie quelques instants. »

Il me sourit pour dire bonjour puis sortit un ordinateur portable, le premier que je vis d'aussi près. Il était à l'aise. Me regardant de temps à autre, peut-être devinait-il mon envie de lui voler.

« Permets-moi d'être indiscret, tu es de l'ASE ?

— Oui, Monsieur.

— Ce n'est pas trop dur ?

— Non, c'est normal. »

Ça ne m'intéressait pas du tout qu'il me raconte sa vie mais il s'autorisa à le faire. « Je suis sociologue. En ce moment, je travaille à ma seconde enquête qui porte sur la trajectoire des enfants immigrés placés en foyer. Ici, j'ai suivi pendant deux ans des collégiens pour déterminer quels sont les facteurs objectifs de leur réussite ou de leurs difficultés. C'est mon échantillon principal.

— Ils réussissent alors ?

— Hélas, beaucoup moins que les enfants de classes sociales favorisées. Et toi dans ton foyer ça se passe bien ?

— Je suis en famille d'accueil. Là j'accompagne un enfant placé avec moi qui est venu voir un autre enfant qui habitait avec nous. Eux ils ne feront jamais d'études. »

Alors il me montra son précédent « ouvrage ». Des livres, j'en avais déjà vu mais un auteur c'était la première fois. Je le respectais.

« Ça vous rapporte de l'argent ?

— Ce n'est pas le plus important. J'ai suivi des jeunes étudiants à Lille, mon premier échantillon.

— Vous suivez tout le monde, vous ! Ils ont une équipe à Lille, le foot vous suivez aussi ?

— Pas tellement, non. »

Il m'expliqua mieux son métier, que je connaissais vaguement de notre cours de sciences économiques et sociales auquel je n'allais d'ailleurs plus beaucoup. Le mot science fit plaisir à mon interlocuteur qui m'expliqua le principe des sciences molles et des sciences dures. Lui travaillait les humains, les autres la matière.

« La différence entre les deux catégories se fait très tôt, au moment des études. Voie littéraire ou scientifique.

— Vous avez fait quoi, vous ?

— ENS, IEP, EHESS. Ça te parle ?

— Non mais nous aussi on a des initiales, BEP, CAP, STMG. »

Il changea d'humeur, ça se voyait.

« Mais toi, tu n'es pas en voie générale ?

— Pour la seconde. Après j'irai en technique. J'aurai pas la générale, ils vont pas me laisser.

— C'est dommage, c'est là que ça se joue.

— J'aurai quand même un vrai bac, ça sera déjà bien. Dans mon quartier, je serai le premier. Et puis ma mère et mon assistante sociale seront contentes. Je pourrai faire des études !

— Tu peux encore te rattraper, travailler dur ou au pire, redoubler.

— J'ai jamais redoublé, je vais pas perdre mon temps à refaire la même chose !

— Bon, on en rediscutera si tu veux, c'est précisément le sujet de mon livre. »

Après m'avoir donné une carte de visite, le professeur me fit parler, répétant sans cesse : « Je vois, je vois. » Il m'échantillonnait, je crois. J'ai évoqué mes origines. Même le peu que j'en savais l'intéressait. Il disait aussi être algérien ; un peu juif, un peu colon. Un peu tout. Quand il voulut en savoir plus sur ma mère, je m'arrêtai au moment où je devenais triste. Puis je me suis retrouvé avec cette sensation bizarre, celle d'avoir trop parlé.

La visite achevée, le bus du retour stagnait à cause des voitures. Elles semblaient vouloir nous encercler pour toujours, les voitures.

Kumar jouait à l'accablé. Il avait des raisons. À son âge, il était déjà dans la pénitence. On l'avait envoyé dans un autre collège, en Seine-et-Marne, un établissement encore plus spécialisé en cancres. Ainsi, il appartenait à la caste des enfants levés à six heures du matin pour s'abrutir de transports. Le week-end, il le passait au lit, à la télé et à la prière. Son éducation tournait à vide depuis longtemps. À quoi arriverait-il ? J'y pensais parfois, par solidarité. Mais qui étais-je pour intervenir ? Les embouteillages et plus certainement cette visite lui donnèrent des envies soudaines de départ. Pour les dissiper, j'essayais de lui trouver de bonnes raisons de rester.

« T'auras pas les chaînes arabes là-bas ! » dis-je, puisque de toute évidence je n'en voyais pas d'autres.

« Je m'en fous, ça m'intéresse plus. Je veux partir. »

Nous l'avions attendu le printemps, pour retrouver éclat et vitalité. Et retirer les capuches. C'était l'espoir. Mais une nouvelle mode limita cet enthousiasme. Désormais, on ne se battait plus contre les Collines Noires, mais entre nous-mêmes. La guerre civile commençait à sévir. La délinquance et ses mirages nous ayant à peu près tous contaminés, son premier bilan apparut : si certains réussissaient, un grand nombre échouait. Après avoir tourné en rond, devant ou dans le même hall, tout ce monde eut le temps de constater et de compter le succès des autres. Leur patience venue à bout et les besoins de la nouvelle saison arrivant, les rageux suprêmes commencèrent leur entreprise de justice. Julien, qui tenait le four le plus prospère, juteux point de vente où s'échangeait drogue contre argent, fut pris pour bouc émissaire. On braqua sa cave et son stock, on martyrisa ses vendeurs. La nuit, des cris, parfois des tirs, nous réveillaient.

Les médiateurs municipaux de Monsieur Lombard n'ayant pu obtenir la paix, l'imam Fouad envoya ses salafistes. Leur action consistait à chercher et combattre le mal en nous, qui nous abîmait toujours plus. Remplis de mots arabes et de piété, les missionnaires islamisaient à voix haute. Mais ici, on avait oublié Dieu. Pour s'en défaire, on se passait le mot « BAC Muslim ! » avant de se disperser. Samir, plus haineux, plus pécheur, qu'on soupçonnait aussi d'être à l'origine des troubles, les chassait carrément. « Arrêtez de mentir ! Toi, Hakim, y a un an t'étais le plus grand des voleurs et maintenant tu fais le prédicateur ! Remballe d'ici ou je te plie en deux ! » Et les hommes de Dieu repartaient bredouilles, tantôt en nous plaignant, tantôt en nous maudissant.

Grâce à mon envergure inexistante, on me laissait tranquille. Mon orgueil en fut touché mais pas au point de regretter mon statut. Désormais, je vivotais grâce à de petites combines de cigarettes d'aéroport et de vêtements contrefaits.

Chorba, devenu vagabond, fut aspiré par ce tourbillon. Juvénal me confirma les mauvais bruits entendus ici et là. « Il doit de vraies sommes, ils vont le soulever ! Il est dedans, là… » Vint le jour du châtiment. Des cris d'âne résonnèrent à notre porte, ceux de Chorba vomissant mon prénom. « Ouvre-moi ! Ouvre-moi ! » J'hésitais, tant Khadija m'avait interdit de le faire depuis qu'elle l'avait viré. Comme il insistait, menaçant de mourir, j'ai ouvert. Des gens massacrés j'en avais vu quelques-uns, mais là, ça dépassait tout. Il me présenta un visage déformé, sorte de fresque déjà vue au musée ; lèvres enflées comme des bananes et yeux pochés de coquards jaunes et verts, couleurs de la fraîcheur. L'un avait saigné. Il devait forcément beaucoup d'argent.

En essayant de lui refaire un visage présentable à l'aide

des chiffons de Khadija, je me demandais si on ne l'avait pas défiguré pour de bon. « Sauve-moi !

— Je suis là, Chorba, je suis là !

— Mes dents ! Mes dents, je les sens plus ! Regarde ! »

Lui ouvrir la bouche relevait de l'impossible tant ses lèvres avaient enflé. Comme je le suppliais de ne pas crier, sa douleur se transforma en larmes. Le sang mélangé à son jus de tristesse me donna envie de l'imiter. Après tout, nous étions comme des frères.

« Ouvre ta bouche, parle-moi.

— Ils voulaient me tuer, je suis sûr ! Mes dents ! »

Y avait des dents. Et aussi une plaie sur le crâne. Désormais, il me fallait savoir pourquoi on l'avait puni pire qu'un chien. Face à son silence, j'évoquai les Collines Noires. « On va te venger, Chorba ! Dès ce soir !

— C'est pas eux ! C'est ceux de la cité, Samir et ses frères ! Ils m'ont terminé au poing américain. Dans une cave ! Dès que je vais mieux, je vais y aller, je vais les tuer ! Sur la tombe de ma mère, je vais les fumer !

— Je peux t'aider.

— Ferme-la ! Tu peux rien, je vais quitter la France. Je suis fini, je suis mort.

— Pars maintenant alors, Khadija va rentrer. Ça va être horrible. Pour toi et pour moi !

— Me parle pas d'elle ! Elle est où, sa voiture ? Ses plaques diplomatiques… C'est moi qui les ai volées ! Elle me doit tout ! Tu la connais pas, toi !

— Elle va arriver, rentre chez toi !

— J'ai pas de chez-moi, sale bâtard ! Je peux plus payer mon hôtel ! »

Il commença à sonder le salon, scrutant la télévision, les meubles. Cherchait-il à tout détruire ? Il fallait l'éloigner d'ici. « Va chez ma mère ! Elle part parfois en maison de repos ou en prison, tu pourras être tranquille. Sinon elle est sous médicaments. Bon courage. » Je crus un instant qu'il préférait retourner dans la cave de ses bourreaux. Pourtant je n'avais pas mentionné les cafards. « C'est tout ce que j'ai à te proposer, tu trouveras pas mieux », ajoutai-je, contrarié. Il accepta en se taisant.

Là, il me raconta son histoire, une vieille croyance humaine. Moi j'en étais revenu de l'espoir qu'on pouvait fabriquer l'argent ; une tentative de faux billets m'avait suffi. Et, contrairement à lui, j'avais lu les contes du Moyen Âge. Chorba s'était donc fait avoir par un marabout camerounais qui prétendait dupliquer la monnaie mieux qu'un alchimiste. « Il m'inspirait confiance. On s'est vus, revus. Il m'a invité au restaurant et m'a tout expliqué. Ensuite il m'a montré le vrai papier, l'encre officielle et les moules à billets de cinquante. Ça m'avait l'air carré son truc… J'avais besoin d'y croire. » L'investissement minimal, cinq mille euros, fut principalement financé par Samir. Belle erreur. Chorba s'arrêta, regardant ses pieds comme un enfant, en faisant de petits bruits de douleur. J'avais compris. « Alors je lui ai donné les cinq mille, d'avance… » Le grand jour, il l'attendit à l'hôtel où tout devait se passer. Évidemment, le Camerounais ne vint jamais.

J'avais essayé de quitter Thiers à la fin de l'année. Malgré les lettres de recommandation de Papadollar et du proviseur Brassac, prêts à tout pour me supprimer de leur lycée, je ne fus accepté nulle part.

En première, filière technique, on nous inoculait la vocation de la comptabilité, pilier enseigné par sessions de quatre heures, ce qu'il faut pour vous en dégoûter à jamais. On nous fit acheter l'indispensable plan comptable général, document cartonné, divisé en lamelles pliées en accordéon. Tenant dans une main, il recensait les opérations et agents économiques, absolument tous, réduits à de simples codes. La « Banque » se résumait par exemple à 512. On devait évidemment tout apprendre par cœur : ce document serait notre outil à vie. Il en faut du courage pour l'accepter et bien plus de méthode pour se l'approprier. Au début je travaillais, moins par enthousiasme que par réflexe. Mes rêves, mon allocation vêtements et mes peines, tout se comptait et se rangeait dans les tiroirs de ma tête. Mais souvent, sans que personne le remarque, je ne revenais pas après la pause.

Au fond, cette voie de garage ne me satisfaisait pas. Je m'en rendis définitivement compte en m'intéressant au CV de Monsieur Bordereau, le grand patron de la banque TGF. Je l'aimais bien, seule la contemplation ponctuelle de sa carrière soutenait mes ambitions. Il avait fait des maths, l'ENA et les États-Unis. « Tout ça quand même », avait réagi Madame Davert, tempérant ma démesure lorsque je lui en parlai. Le professeur Perrinet, consulté pour mon orientation, était de son avis.

On ne visait pas si haut en section technique où l'on nous parlait surtout du marché du travail qui nous accueillerait bientôt. « Mais il faut le mériter. » Ma classe, déjà prête, s'en flattait. Ceux qui avaient travaillé cet été racontaient les grandes joies de leur petit boulot. Je n'avais rien à raconter. Le mois d'août m'avait presque aliéné. En compagnie des derniers crevards bloqués au Grand Quartier, nous avions essayé de ne pas succomber au désespoir. Les quelques virées à l'Aquaboulevard n'avaient pas suffi à nous contenter, ni à nous rafraîchir. On n'y restait jamais assez longtemps, pour cause de trouble à l'ordre public. Mais cette année, le bac français me permettrait, on me l'avait promis, de prétendre au voyage.

L'espoir de l'amour demeurant aussi tenace que le mirage de la fortune, une lubie me reprenait parfois, celle de regarder les filles, du lycée ou du bus, pendant des semaines entières, espérant qu'elles devineraient que mon cœur était rempli d'amour. Mes semblables, eux, n'en parlaient jamais. Courseine leur avait dissous le cœur. Ils connaissaient seulement l'illusion des sentiments, grâce à la chair des prostituées africaines du foyer jeunes travailleurs d'où ils sortaient euphoriques et jamais honteux. À quarante euros le sourire, on s'adoucit les mœurs. Je ne les avais pas ; je ne regrettais pas.

Julien me convoqua à son four vers la Toussaint. Plutôt que de céder à la menace de ses pairs, il l'avait repris en main et licencié Ramo, son principal revendeur ; on ne s'attaque pas au chef comme on s'attaque à son sbire.

Julien brillait, encore aujourd'hui. Il me donna des ordres. « J'ai besoin de toi, faut que tu me remplaces, j'ai une course urgente. Y a la sacoche sous le compteur. Si t'as un problème sérieux, tu me bipes ! Pas d'appels ! Pas de messages !

— T'inquiète ! Tu peux compter sur moi ! »

Le miracle tant attendu survint donc. On approchait de dix-sept heures, l'heure d'ouverture du point de vente. J'ai récupéré la sacoche, bien lourde pour sa taille, composée de deux poches profondes, l'une pour l'herbe, l'autre pour la résine. Y en avait pour des centaines d'euros, toutes qualités et posologie confondues. Et probablement deux ans de Fleury. En inspectant les environs, je constatai l'absence d'issue de secours et pensai aux policiers de Sarkozy, en trio jamais discret, la pipe collée contre la vitre, prêts à accélérer le moteur de leur voiture-prison, bruit de l'imminence, prêts à vous faire asseoir à la dernière place. Je refis donc mes lacets, oubliant la capuche qui manquait pour cacher mon visage. Pour me rendre obscur, je me décalai vers l'entrée d'un porche.

« C'est toi ? » m'interpella la première cliente.

C'était moi, ça commençait.

« Quarante euros de beuh. Tu as ? »

J'avais. Ma main sortit deux sachets qu'elle toucha en bonne connaisseuse. Un paiement et elle disparut. Dix secondes je crois. Ensuite, la féerie continua. Faire fortune ne consistait donc qu'à vider la sacoche magique de Julien, celle que toute la France voulait.

Les clients, drogués jusqu'à la trogne, s'y connaissaient. Afghanistan, Maroc, Hollande. Des ouvriers, salariés et autres babtous fatigués me commandaient ces pays en maîtres du planisphère. Certains essayaient de marchander ; tout se discutait pour ces experts que je stoppais net dans leurs tentatives. Mais il fallait se tenir, ne pas les insulter. Ça ne revient pas sinon. La sacoche s'allégeait et ma poche se remplissait. La journée était bonne.

Au bout d'un moment, on m'en demanda pour cent euros. Je ne pus en donner que pour vingt ; j'avais tout vendu. « Reviens tout à l'heure, le temps que ça arrive. » Cette phrase j'ai dû la répéter. Mais l'idée insupportable de la soirée bredouille commençant à faire son chemin dans les têtes qui anticipaient l'absence de feu d'artifice, j'endurais également des menaces. « Ça arrive quand ? » « On va aller voir ailleurs. » « J'ai un bus à prendre ! » Les secondes se comptaient en euros et mes sens, mis à rude épreuve, me firent à mon tour perdre la boule. J'inspectais les oreilles et la ceinture des chalands, recherchant un micro ou un calibre, craignant qu'un condé civil ou Samir soit en eux. Je songeais à la recette également ; il fallait la mettre au chaud, à l'abri du danger et des convoitises. Surtout la mienne.

La moto de Julien, son aussi familier que les pas de Madame Khadija allant à la cuisine, se rapprocha enfin. Je lui tendis d'instinct la recette, pour m'en débarrasser. En leur montrant une autre sacoche, il calma les clients. « Alors, t'as vu, c'est ça la vie ! » dit-il en me tendant mon salaire, en nature. Un bon morceau de shit. Mon capital.

La drogue me lancerait, c'était l'évidence. On ne trouvait pas mieux pour amasser. De mes yeux, dans mes mains, j'avais goûté son pouvoir, plus puissant qu'à fumer. Il me restait à trouver la bonne porte, celle de la rente sérieuse et fréquente.

Pour trouver mes 411, le code clients du plan comptable général, je visais le potentiel des lycées où l'on déniche toujours un endroit avec des gothiques mélangés aux gens de cités. À leurs yeux, on devine facilement qu'ils se perdent dans le haschisch. Mon camarade de seconde, Joachim, mi-littéraire, mi-dépendant, les connaissait tous. En moins d'une semaine, il leur écoula mon morceau. Si mes comptes prévisionnels me prédisaient la grande richesse, la discrétion s'imposait. J'en fus suffisamment convaincu par les créanciers de Chorba ; sa dette me poursuivait. Une fois, ces raclures s'installèrent dans mon carré de sièges du RER, m'entourant de leurs ondes négatives. Ils le cherchaient jusque dans ma tête et leurs énormes mains me promettaient le pire. Mais une de ces hyènes annonça l'ajournement de ma punition. « Y a la surète, faites belek. » La sûreté ferroviaire, en français correct et circonflexe, traversa effectivement la rame, nous regardant sans nous contrôler, de quoi calmer ces démons qui discutèrent d'Orléans où ils dirigeaient le trafic local et quelques filles. On se quitta à Austerlitz. Je leur souhaitai la mort.

Quand Madame Khadija promettait, ce n'était jamais pour le bonheur ou l'espoir. « Il va voir ! Il va voir ! » répétait-elle depuis quelques jours à propos de Kumar. « On a organisé des visites au foyer du Kremlin-Bicêtre pour qu'il voie Dimitri. J'ai dit d'accord mais seulement si je l'accompagne. Un jour, un seul, je ne pouvais pas, j'avais des choses à faire à Paris. Il m'a demandé d'y aller sans moi mais j'ai refusé. Je peux pas le laisser faire n'importe quoi, s'il lui arrive quelque chose, c'est moi la responsable. Alors, il a raconté à l'ASE que je le frappais ! Tu te rends compte ? Je t'ai déjà fait quelque chose à toi ?

— Je vous ai jamais vue frapper d'enfants, je sais pas pourquoi il a raconté ça.

— C'est un menteur ! À chaque fois je suis allée à la préfecture pour ses rendez-vous, ils vont lui donner la nationalité française bientôt. Moi je l'aime comme si c'était mon fils. Toi aussi. Je fais pas ça pour moi, c'est pour vous et pour Dieu. Je veux être tranquille quand je vais mourir. Et puis tu sais, tous les problèmes que j'ai eus avec le Maroc... »

Elle avait raison, sur le sujet du carnet de santé et le reste, j'étais à jour. « Madame Davert va bientôt venir. Je vais le dégager, il va voir ! Mais tu dois témoigner. Tu peux faire ça pour moi ? »

Si cette histoire m'indifférait, la méthode et surtout le vice de Kumar m'étonnaient. Face à Madame Davert, il ne se démonta pas et garda sa version. Comme convenu, elle m'interrogea sur la supposée violence qui sévissait chez nous mais j'avais assuré que rien de tel n'existait. Grâce à mon témoignage, sa conviction fut faite. « Quand je te vois, je me dis que tu as beaucoup de chance d'être ici. On en parlait avec Madame Baer, tu es un modèle de stabilité. Tu ne t'es jamais plaint. Les assistantes maternelles sont quand même la richesse de la République. » Kumar rata son pari. S'il obtint son départ, l'assistance le plaça non au Kremlin mais à Brest, au bout de la France. Je lui souhaitai bon courage.

Ainsi Khadija et moi, on s'est retrouvés à deux, comme au début. Entre-temps, des cheveux gris lui avaient poussé et la fatigue commençait doucement à l'atteindre. Elle avait beaucoup donné et beaucoup gagné avec les enfants. Je ne sais pas si elle en espérait d'autres. J'endurais une soirée par semaine à ses côtés, devant la télévision qui l'avait aspirée pour de bon. Moins par envie de recréer un lien que pour la travailler au corps. Pour compléter mon pécule et m'acheter du cannabis au prix du semi-gros, j'avais besoin d'une avance d'argent de poche, faveur encore jamais obtenue. Elle ne m'avait jamais paru aussi malléable.

Nous regardions surtout cette émission bizarre où des gens séparés par la vie et par un grand rideau se retrouvaient devant les téléspectateurs. Souvent des enfants devenus adultes éloignés de leurs parents défaillants depuis longtemps. D'anciens couples défilaient aussi ; pour se rappeler les promesses de l'adolescence. Malgré les années, ils s'aimaient encore. C'était parfois beau à voir. Si la plupart tiraient le rideau, se laissant submerger par l'avalanche des émotions, d'autres préféraient demeurer dans leur vie de maintenant. Khadija se lança au moment où une fille refusait de parler à sa vraie mère qui pleurait de son côté. « Ça me fait mal au cœur. Pas toi ? » J'ai dit oui. Et puis elle s'est lâchée. « Faut que tu rencontres ton père ! » À mon âge, on se passerait volontiers de ce genre de proposition.

« Je sais pas, je vais dormir.

— Tu restes ! Imagine, tu as des frères, il faut que tu les connaisses. Et surtout, imagine si tu as une sœur.

— Imaginer quoi ?

— Si tu te maries avec elle sans savoir que c'est ta sœur ! »

Comme elle tenait à son idée autant que je tenais à mon argent de poche, je dus endurer quelques réflexions supplémentaires. Mais elle m'avait mis la graine. Quand elle est plantée, c'est pire qu'un refrain agréable que l'on se chante à l'infini dans la tête ou sous la douche. Moi je me souvenais des mots de ma mère : « Ton père, il m'a violée. »

Heureusement, l'appartement de Juvénal me tenait lieu d'oasis. J'aimais bien chez lui, on pouvait y allumer la console ou ouvrir le frigo sans crainte. L'ambiance était bonne avec sa mère et ses sœurs. La grande allait partir en Angleterre faire ses études et l'autre voulait faire du journalisme. Je soupçonnais mon ami d'espérer une carrière dans le rap. Il en écoutait beaucoup, toujours à l'affût des derniers albums. Il avait même écrit un texte aux paroles mélancoliques.

Un week-end, sa mère devait aller à Fleury pour son fils aîné. Elle ne voulait pas que je vienne : « Imagine Khadija l'apprend ? Je la connais, elle va devenir folle ! Je ne veux pas d'histoires avec elle ! » La grande sœur a dit : « Il est comme les autres, Skander, il veut savoir où il finira !

— Toi aussi tu fais des bêtises, Skander ? Je pensais que tu étais sage !

— Bien sûr ! L'année prochaine je passe mon bac ! »

Au Grand Quartier, en termes de mot magique, le bac c'est comme l'Amérique. Elle abdiqua.

Fleury, c'est très loin, on doit s'enfoncer dans l'Essonne, bien au-delà de Rungis. Vient un moment où tous les repères disparaissent ; on a beau lutter, on s'éteint quand même. Aller en prison, ça rend triste. La sœur de Juvénal avait raison, ça tombait sec en ce moment. Mohamed, par exemple, on l'avait déjà attrapé même s'il était mineur. Il dormait au centre de jeunes détenus de Villepinte, le pire de tous, celui du 93. Certains vivaient néanmoins leur incarcération comme l'expérience tant attendue, celle de l'émancipation vis-à-vis des parents et de leurs règles primitives. « On cantine, t'as tout là-bas ! La télévision, Canal ! C'est le paradis ! » nous expliquaient ceux qui en sortaient, jamais pour longtemps. Et puis ça ouvrait des possibilités de synergies, paraît-il qu'on y faisait des rencontres avec les bandits de la région. C'était tentant.

On arriva enfin, la prison apparut. C'était donc ça, Fleury, du gris et du marron, moins de couleurs que l'enfer. Le mot prison, c'est pas assez fort pour la décrire. Ces murs épais comme des frontières contenaient cinq mille délinquants, femmes et mineurs compris. On pourrait pourtant mieux la remplir…

Sa mère partie en mission parloir, Juvénal resta avec moi dans la voiture. Il avait des choses à me dire. « Écoute, moi je vais faire l'armée. Y a deux semaines j'ai fait ma journée d'appel. Y a des opportunités. J'ai rencontré un général, il m'a dit que j'étais bon. Faut que je le rappelle. Toi aussi tu vas devoir la faire. T'en auras besoin pour le permis.

— Je m'en fous, je préfère marcher ! Et puis tu crois que je vais aller faire la guerre à mes frères ? »

La seule péripétie qu'on racontait de cette journée d'appel tenait au repas offert. Pour un plat et du fromage, Juvénal s'était fait appâter.

J'ai tourné la tête vers l'arrêt de bus. Aucun homme, ni père ni frère. Juste des femmes silencieuses, parfaitement interchangeables avec la mère de Juvénal. En l'attendant, on a mis du rap. Le vent mélangeait des nuages dans le ciel.

L'hiver était bien sec cette année-là. Avant de disparaître, il se déchaînait, lâchant ses terribles vents du mois de mars, bourrasques achevant mon coupe-vent qui vivait, je le savais, sa dernière saison. Au moins, mon trafic commençait à fonctionner. Chaque dizaine de jours Joachim parvenait à vendre cinquante grammes auprès de son réseau. Quand même, ça faisait une somme. Ce n'était pas non plus sans risque. Lors d'un réapprovisionnement à la cave de Julien, j'avais senti mon tour arriver lorsqu'une voiture de la BAC me remarqua de je ne sais où. Pour me le faire comprendre, ils allumèrent gyrophare et sirènes. La prison aux trousses, ça vous réveille. Mais il faut le dire, se faire courser c'est assez jouissif et quand on a semé les condés, on est fier de soi et heureux de le raconter.

Quant aux bénéfices, j'investissais dans des économies d'échelle et épargnais rigoureusement le solde. L'envie d'acheter se neutralisait par la peur d'attirer l'attention. Mon seul plaisir consistait à manger au kebab Ozgur où j'invitais Juvénal. Comme on prenait les belles assiettes garnies, plus chères que les sandwichs, on se posait au fond du restaurant, à l'abri des regards et toujours aux heures creuses. Juvénal, toujours dans ses prétentions militaires, me conseillait de rémunérer Joachim pour son travail. Mais celui-ci me prélevait déjà sa consommation, souvent en douce.

C'est toujours les chiffres qui me hantaient en ce samedi matin polaire. Courseine, assassinée par la nuit, tentait de renaître. Dans le bus vers le lycée Thiers, personne ne se parlait, chacun se projetait vers la promesse de l'après-midi. Moi j'irais à Paris, chez le professeur Perrinet qui m'avait invité pour fêter son départ en Amérique. Mais avant, un contrôle m'attendait.

Devant la grille du lycée, alors que je tentais de me remémorer l'exact traitement des amortissements comptables dégressifs, ma révision stérile, fondée sur le néant, s'interrompit. J'entendis de derrière des insultes et des « Vénez ! Vénez ! ». Les Collines Noires, Diawara en tête, venaient pour m'abattre. Une nuée de battes, de crosses et de rage qui déboulait, rien que pour moi. Quelle envie pour un samedi ! « T'es mort, salope ! On va te niquer ta mère ! » Les cagoules ne m'empêchèrent pas de distinguer celui qui fut pris de folie. J'eus le temps de voir ce tournevis qui se dirigeait vers mon ventre. Les chacals s'agrippèrent mais mon envie de vivre étant plus forte, je courus jusqu'à la salle des professeurs. J'en trouvai quatre, pas les miens, choqués de me voir ici, sourds à ma détresse. L'un voulant que je sorte, je l'attrapai. « Lâchez-le ! » supplièrent ses collègues. Entendre gémir ces professeurs corporatistes me dégoûta. Ils me laissèrent dans leur salle jusqu'à ce que le proviseur Brassac arrive pour me coller une semaine de renvoi, me raccompagnant devant le parvis plein de haine à la bouche. Les Collines Noires avaient disparu. Un bus passa. Il allait vers Paris.

Ça ne roule pas bien le samedi. Toute la banlieue tente de s'enfuir pour aller aux courses ou à la séance matinale du cinéma, celle qui coûte moitié moins cher. On y allait avant, avec Khadija et mes deux petits frères éphémères. Un ami français du collège, parti dans le privé, allait chaque week-end en Normandie où ses parents possédaient une maison. Dès le vendredi soir ils fuyaient Courseine. Avec son frère, ils ramassaient du bois pour leur père qui allumait ensuite un feu, y faisant griller du porc. Depuis, ils y avaient déménagé.

Ce ne sont pas les quelques peupliers défeuillés défilant par la fenêtre qui m'apaisèrent mais les petits immeubles de la départementale, pas beaux mais inconnus. Nous avancions. Devant moi, une fille brune au teint pâle et aux pupilles dilatées écoutait du rap. Ça parlait d'un jeune qui essayait de grimper les échelons en vendant du cannabis. Jusqu'à la mort par balles. Je fredonnais les paroles dans ma tête.

Nous arrivions au terminus et le chauffeur nous préparait à l'idée de quitter son bus. Pour aller où ? La porte d'Ivry, laide et immense, était vide. Songeant à mon emploi du temps immédiat, deux heures à tenir face au froid, j'espérais me réchauffer dans un hall dont je fus recalé par une gardienne qui vociférait : « Privé ! Privé ! » Je me mis alors en mouvement jusqu'à la bouche de métro la plus proche. La cabine du Photomaton, son tabouret et son rideau m'apparurent comme le lieu idéal pour attendre. J'ai moisi dans ce trou.

Le plan des bus affichait vingt couleurs, cent lignes comme reliées les unes aux autres ; tout est bien quadrillé à Paris. On est content de le savoir même si on ne sait toujours pas où aller. Le préposé de l'hygiaphone m'orienta. Les portes du périphérique s'enchaînaient sans qu'on puisse les différencier. Aux Lilas, l'avenue Gambetta me mena enfin à l'immeuble du professeur. Les murs, les sols, tout portait beau. Je ne dénombrais que douze boîtes aux lettres. Ici, on vivait bien et à peu.

Dans l'étroit ascenseur, mon corps bien transposé dans la longueur du miroir, j'ai recommencé à penser à moi. Dans mon apprentissage je changeais doucement, par étapes transitoires. Mais je conservais certaines mœurs, notamment le pantalon de jogging. Du premier au troisième étage, j'essayai de lui donner l'allure d'un pantalon à pinces en ouvrant les fermetures éclair. Ce fut pire, on voyait mes chevilles poilues.

Arrivé au sixième, la porte s'ouvrit. Je vis d'abord des cheveux, puis j'entendis une voix douce : « Skander, je suppose ? Bienvenue chez moi ! » Courir, pleurer ou sauter dans ses bras, la palette des choix est multiple face à une femme qui vous adresse la parole. Ses cheveux noirs et sa beauté auraient mérité que je lui réponde. Elle l'attendait aussi.

« Skander ? C'est toi, n'est-ce pas ? Je suis Federica, la compagne d'Emmanuel.

— Je connais le professeur Perrinet. Je m'en vais si vous voulez !

— Tu rigoles ? Donne-moi ta veste. Tu peux l'appeler Emmanuel, d'ailleurs ! »

En enlevant mon coupe-vent fatigué je remarquai un petit trou. Puis un autre dans mon pull. Comment avais-je pu oublier le tournevis ? On m'avait bien planté. Heureusement, la peau était à peine éraflée. Cinq pas me portèrent au salon où l'on me mitrailla de bonjours. Des regards se posèrent sur mon jogging. « Allez viens, je te présente », me dit Federica. J'ai tendu la main aux hommes et aux femmes qui me donnaient leurs prénoms. Mais à peine je retenais Luc que j'oubliais Aude ou Damien. Ils déclinèrent également leur profession. Ici, j'étais en bonne compagnie : un avocat, un danseur, un chercheur, une chanteuse d'opéra, une journaliste, une architecte me regardaient. Entre un énorme jukebox et une lampe bizarre, chromée et zigzagante, tel le serpent des enseignes de pharmacie, se tenait le buffet. Il ne manquait rien.

« Emmanuel rentre bientôt, on l'attend pour manger le salé. On boit quelque chose ? »

« Enfin ! » « Bière pour moi ! » « Du rouge ! » dirent les adultes, réjouis qu'on leur serve leur alcool.

Un grand mur bleu à la peinture granuleuse me fascina tellement que j'eus l'impression d'être à la mer. Enfin la paix. Buvant mon jus, je les écoutais discuter. Le danseur, Luc ou Jérôme, se plaignait de sa troupe. « Le niveau moyen a baissé.

— Ah, mais nous aussi ! renchérit la chanteuse. Les futures divas seront toutes russes ou japonaises ! Je n'ai jamais vu ça. Elles surpassent de très loin les Françaises. Et dans toutes les langues. Pour notre adaptation de la *Traviata*, figurez-vous que c'est une surdouée de Moscou qui a remporté les auditions. Ça n'augure rien de bon. » On lui demanda alors un couplet. « Chante, Aude ! Chante ! Pour notre invité ! » Comme tout ici, sa beauté était d'un genre nouveau, ; un visage parfait, des yeux verts et des cheveux bruns coupés court. On était au-delà de l'amour dans ma tête, on était mariés. J'avais chaud.

« Arrêtez, vous me gênez, dit-elle en se levant tout de même. Comme il est mignon, je veux bien faire un effort. »

Après avoir posé son verre, elle ferma ses yeux et avant que les paupières ne s'ouvrent, elle se mit à fredonner de la douceur. Des mouvements de bras accompagnaient sa voix et tous l'admiraient. Nous fûmes emportés par un tourbillon classique. Il avait raison l'imam Fouad, ça fait chavirer la musique.

« Alors, ça te plaît ?

— Beaucoup, Madame. Jamais j'oublierai. »

Là, le plus beau des sourires et le plus sincère des regards m'offrirent une bise.

« Ça non plus il ne l'oubliera pas ! » dit quelqu'un.

Puis ils se sont intéressés à moi, probablement le but initial de cette manœuvre musicale.

« Skander connaît Emmanuel, c'est son nouvel échantillon. » Je m'en doutais bien.

« Tu es de Paris ? » demanda la journaliste.

Je temporisais. Le danseur se leva et revint avec une bouteille de vin rouge. « Tu peux boire ou bien tu n'as pas le droit ? » De l'alcool, j'en avais plus volé que bu. Comme le porc, c'est interdit par l'islam. Mais c'est moins grave, tout le monde le sait.

« Bon d'accord. »

Il me servit et je bus une gorgée, âcre et bizarre.

« Paris, je suis déjà venu, répondis-je enfin. Je connais surtout les sous-sols, à cause des transports.

— Tu habites où alors ?

— À Courseine. »

La journaliste écarquilla les yeux et je repris une gorgée de vin pour m'habituer. « J'ai commencé au service économique du *Parisien.* Une amie y suivait ton département. C'est assez chaud là-bas, je crois ?

— J'adore votre journal, surtout les faits divers ! Dites à votre amie de revenir, on a nos bagarres qui reprennent. On m'a planté ce matin !

— Tu fais ça, toi ? demanda l'avocat.

— Le problème, poursuivit l'architecte, c'est qu'on construit des endroits immondes et on oublie ensuite de s'en occuper. D'ailleurs, je voulais te demander, ne le prends pas mal, mais on s'est fait voler deux motocross à la campagne. Tu saurais me renseigner ?

— Chez nous, ils font tellement d'argent qu'ils les achètent. Mais c'est immonde chez nous ?

— Bon, Emmanuel va arriver d'une minute à l'autre, on peut commencer sans lui. Sers-toi ! »

À cause de leurs prénoms oubliés, je n'osais plus leur parler. J'ai donc mangé mes assiettes, en les mettant sur les genoux, comme ils faisaient.

Le professeur arriva enfin et Federica lui sauta au cou, l'embrassant sans aucune gêne ; les deux s'aimaient. Ses amis le regardaient comme s'il leur était supérieur. Il me dit bonjour, en me scannant le visage. « Mais vous me l'avez fait boire !

— Il fallait qu'il se détende. Tu imagines comme ça peut être intimidant, me défendit Federica. Il est très intéressant, ça nous change ! »

L'avocat revint non pour jouer à l'inspecteur mais pour me raconter son travail. « Je travaille pour un cabinet anglais, je m'occupe surtout d'entreprises. Si tu veux on pourrait en discuter un jour. » Ça m'intéressait, mais avant que je ne réponde, le professeur lui parla de ma filière technique. C'était la peste pour eux. « Vous connaissez Monsieur Bordereau, le patron de la TGF ? » j'ai dit pour montrer que j'étais crédible. « Ça m'étonne pas que ces deux-là s'entendent si bien, dit le professeur. Je suis sûr que tu es libéral, Skander. D'ailleurs si tu pouvais, tu voterais quoi au traité européen ?

— J'ai pas l'âge de voter mais à l'école on a appris l'Europe et j'ai toujours aimé. Et la coupe d'Europe aussi !

— On va bientôt voter pour l'Europe unie. Tu es au courant ? »

À dire vrai, cela faisait longtemps qu'elles ne venaient plus à moi les grandes nouvelles du monde.

Ensuite, ils parlèrent d'Europe et de politique, avec véhémence réciproque. Le débat, ils appelaient ça. À la demande des femmes, ils redevinrent légers, les danseurs se frottaient et l'alcool leur donnait de l'ardeur, comme s'ils allaient commencer quelque chose. « Je te raccompagne », me dit subitement le professeur. À quoi bon négocier pour rester ? Ils n'allaient quand même pas m'adopter, tous ces gens.

Cette visite fit naître en moi un regain d'intérêt pour mes devoirs, auxquels je m'attelai durant ma semaine de renvoi, planqué à domicile, pas du tout pressé de me refaire planter dans la rue.

Khadija fit preuve d'une mansuétude assez louche, ne signalant rien à l'ASE et me laissant tranquille avec mon père. Mais, forcée à la promiscuité, elle ne parvenait plus à me cacher ce qui l'animait, tellement ça lui prenait le cœur et la tête. Tout lui venait d'une lettre recommandée, le deuxième rappel avant poursuites de la future veuve Esambert. Elle lui reprochait de rôder autour du quasi-cadavre de son mari. L'espoir, étrange, de croquer l'héritage du président des Champs-Élysées s'évaporait donc. Les heures de ménage, donc de salaire, se faisant rares, sa retraite la tracassait. Connaissant ce concept, je l'aidais à calculer ses trimestres mais la pension complète ne se profilait pas encore. Elle conservait ces documents à côté de ses bijoux. C'est dire à quel point ils étaient importants. Mais pas autant que moi. Elle me l'a dit, Khadija : « Tu t'en vas pas, toi ? », me faisant suffisamment de peine pour que j'imagine rester à ses côtés pour les trimestres manquants. Peut-être pas tous.

Ce qui m'arriva devant le lycée Thiers ne fut qu'un apéritif ; d'autres y passèrent ensuite, écrasés sous les semelles des Collines Noires, alliées à de nouvelles têtes, esprits chauds des cités froides, immeubles résidentiels éparpillés dans les villes blanches, où l'on trouve toujours des tempéraments ayant des choses à prouver. Tellement ivres de leur nombre, ils ne respectaient aucune des hiérarchies, commettant même l'erreur de s'attaquer à Julien. La théorie de la rue lui imposait de réagir, certains de chez nous pouvant développer des idées s'il se montrait faible. Julien nous en fit part avec Juvénal. Dans sa cave, nous le trouvions serein, occupé à ses affaires, comptant sa recette, préparant la journée de demain, conditionnant les barrettes dans des petits sachets plastique. En le regardant faire, je comparais ses méthodes aux miennes. Un gilet pare-balles posé sur un sac de sport dont dépassait une grosse crosse reposait sur le sol. « J'ai toujours été gentil avec vous, hein ? Vous allez vous en occuper ? » Juvénal répondit pour nous deux : « On va bien s'occuper de ça ! »

Moi, je ne voulais pas aller au carton. Ce qu'il envisageait pouvait mal finir. Des morts ou des blessés graves de conflits semblables aux nôtres, on en trouvait plein les journaux.

Mais l'assurance d'avoir une rémunération, un kilo de shit gratuit, me convainquit de transformer notre futur assaut en boucherie. On s'est donc mis au travail, ça nous prit du temps. Chargé de la logistique, je partis en tournée à l'Aiguille et dans d'autres armureries dont les vendeurs, clients réguliers de Julien, m'échangeaient des armes non létales contre de belles savonnettes cette fois-ci offertes. Juvénal, qui prenait ses responsabilités très au sérieux, me convoquait pour des points d'étapes au dix-huitième étage d'une de nos tours. On y voyait les Collines Noires, notre tumeur. Depuis combien de temps duraient nos histoires ? Il fallait en finir. Elles étaient encore revenues, cassant des voitures, incendiant des poubelles. « J'ai lu un livre de guerre, me dit Juvénal. Ils nous envoient des sicaires, des gens de partout. Je sais pas comment ils réussissent à les convaincre. Mais ils sentent qu'on va venir donc ils tentent n'importe quoi. » D'ailleurs, il était aux anges depuis qu'il avait appris le montant de la solde militaire. Il en faisait des insomnies. Au bout d'un an, il prendrait près de quatre smic. « Plus tu vas vers le front, plus tu touches ! Je vais dormir en première ligne ! Avec des grenades comme oreillers et des gilets pare-balles en couverture ! » me répétait-il.

S'en aller consiste peut-être à tout raconter ; c'est ce qu'il fit. Après le décès de son père, le grand frère avait choisi la voie mauvaise pour aider sa famille. Dans un braquage de banque, il avait blessé par balles un monsieur important, défendu par un grand avocat, apparemment un ancien ministre, qui parla très mal à leur mère pendant le procès. Le frère prit la peine maximale. Un jour il sortirait. C'est pour ces raisons que Juvénal voulait faire l'armée, pour la justice. Il y serait bien, j'ai pensé pour me consoler.

On n'est jamais prêt pour le combat. Si on devait attendre d'avoir l'envie d'y aller, on l'attendrait encore. Les préparatifs effectués, un moment de latence me fit croire à l'abandon de notre projet. J'étais posé à la cité quand Juvénal surgit en tenue d'apparat, en treillis et chaussures de sécurité gardées d'un stage. Accompagné de dix personnes, il fouillait les rues et les halls, hurlant : « Conscription ! Bande de bâtards ! Aujourd'hui c'est bagarre ! » Après avoir récupéré une dernière paire de novices, il prit le commandement. « On va faire deux groupes pour les cueillir en embuscade. Ils ont essayé de faire Julien et ils ont planté Skander ! » Pour nous donner de la force, nous gueulâmes comme des ogres. La motivation fut achevée par la distribution des armes. L'unité à laquelle j'appartenais était dirigée par Landry, un jeune fou, qui avait gagné le respect par la force, se battant même avec des plus grands que lui.

Pour nous rendre invisibles, nous longeâmes un talus en dessous du niveau de la route, et nous traversâmes la grande avenue qui nous ramenait dans leur quartier, par l'est. À une fenêtre, une femme nous demanda ce qu'on faisait. « On va chez les Collines Noires !

— Ils m'ont insultée hier. Merci ! »

On s'y baladait désormais, en détour et en silence. Ça ressemblait presque à chez nous mais en plus moche. Aucune colline ne justifiait le nom de leur quartier. À la place, des bâtiments crades gisant au milieu de la terre encore en friche. Là, poussait leur ressentiment. Après avoir croisé un regroupement de blédards apathiques, nous passâmes devant des collégiens qui nous reconnurent et nous insultèrent. Une de nos brutes balaya le plus téméraire. Des façades, allées et buissons nous parvenaient des cris d'épouvante. Leurs auteurs courant vers nous, on commença l'embuscade. Le premier qui chargea fut Landry. Sorti d'un angle mort, il fracassa une bouteille sur un crâne. Quatre autres piétinèrent le malheureux. Par je ne sais où, je pris une patate dans la joue. Sonné, je vis Juvénal empêcher la seconde. « Retourne-le ! » Je le pris par les jambes et le renversai sur le sol. On asséna des écrasements de tête. Un embrigadé de Juvénal prit une charge dans la gueule, son nez saignait et sa lèvre triplait. Alors que j'arrivais sur l'un d'eux, un autre me tomba dessus. On le coursa, et à ça Juvénal était imbattable. Nous dépassant tous, il balaya le fuyard sur lequel on s'acharna. Celui-ci hurlait leur devise du jour : « Arrêtez ! Arrêtez ! » Les armes parlèrent enfin, les grenailles et gomme-cogne pétaient de partout. Des détonations plus sérieuses et régulières se rapprochaient, sortant des fenêtres d'une voiture qui arrivait aussi pour nous écraser. « Flashball ! » que j'ai prévenu. La voiture cala et Landry péta une vitre à la barre à mine. Ramassant une gazeuse, j'aspergeai l'habitacle de lacrymogène. J'avais l'impression de me vider, un délice. Puis la voiture s'encastra entre un plot de béton et un trottoir surélevé. Une des roues tournait désormais dans le vide et la chance quitta le chauffeur, qui prit un coup de barre, à l'horizontale. « T'as essayé de me cartonner, fils de pute ! » lui dit Landry. Ça se battait encore un peu, par petits foyers ici ou là. « On s'arrache ! » cria Juvénal. Sur le chemin de la retraite, on en piétina encore quelques-uns. Là, j'ai sorti mon couteau suisse et bloqué fort la moitié de la lame avec mon index. Une cuisse traînait par terre, je l'ai plantée, de dos, comme un lâche, comme il méritait. Je m'étais vengé. Juvénal m'a regardé bien dans les yeux. Il avait compris, il pourrait le raconter à Julien. J'aurais mon kilo. Nous revînmes au Grand Quartier à moins de sept, le reste avait détalé.

La guerre, c'est pas éternel mais ça fait parler. Nous

n'avions pas encore fini de refaire la bataille, encore ivres de notre folie collective, que des journalistes de *Soir 3* vinrent pour nous flatter avec leur caméra. Grâce à ma culture générale, on m'avait désigné comme interlocuteur pour expliquer le problème, enfin résolu. Mais quand le reportage fut diffusé, après les plans inutiles de nos rues statiques, on ne vit que ma tête, non floutée. Ils ne passèrent même pas mon interview.

Devant Thiers, deux gros camions de police stationnaient pour prévenir des représailles, que des informateurs du lycée me promettaient encore plus sensationnelles que notre raid anthologique. Le proviseur Brassac avait manifestement vu le reportage. « Vous voilà star maintenant ! Bravo ! » Il ne me lâchait plus. « Je vous ai à l'œil ! » Il disait vrai, mes yeux souffraient de ses sermons, à cause de son haleine. Craignant que les Collines reviennent au lycée, il me menaçait. Ou peut-être espérait-il que j'en crève.

Cette petite notoriété me poursuivait. Monsieur Lombard m'interpella pour me faire monter dans sa voiture. L'église et la mairie défilaient, ainsi que mon mercredi. « Qu'est-ce qui ne tourne pas rond chez vous ? Tu y étais ? On t'a vu à la télévision ! Mon opinion est faite sur toi. Au début je me disais que tu étais victime de l'influence, maintenant c'est toi le meneur ! Tu es le symbole de notre échec, le mien, celui de la France ! Vous franchissez des caps toujours plus inquiétants. Vous nous préparez quoi ? Des émeutes ? La guerre civile ? » Au parking du théâtre municipal, là où le collège nous traînait auparavant pour voir des spectacles soporifiques, il retrouva son calme. « Des maires, leurs adjoints, notre député, le sous-préfet et surtout les citoyens de nos villes sont réunis. On a besoin d'entendre un témoignage. Il nous faut comprendre, tu dois nous aider, on ne sait plus quoi faire de vous. » Une fois encore, on me la mettait à l'envers ! Ça sentait bon le procès public, encore un. Celui-ci s'annonçait plus lumineux que jamais. « C'est mort ! J'ai rien à dire, je me casse. Faudra se débrouiller sans moi pour votre trophée Jaurès ! » Tandis que je m'éloignais, je l'entendais : « Sale délinquant ! Tu vas voir ! Tes vacances, c'est fini ! On partait à Athènes cet été. Tu seras sur liste d'attente pour la vie ! Ça t'apprendra ! »

Relégué loin du Grand Quartier, à la jonction de plusieurs grandes routes, vers l'ancienne zone neutre où Delphine et Khadija m'échangeaient pour le week-end, je reconnus les parents d'un ancien du collège, se dirigeant vers le théâtre. Cela fut suffisant pour que je me mette dans leurs pas. La dame de l'accueil fut ravie de me voir : « Vous allez rajeunir la salle, ça ne leur fera pas de mal ! »

Dans le sas, je pris d'abord la température par le hublot de la seconde porte. Contrairement à l'habitude, la lumière était allumée et au micro ça tonnait fort, une voix se donnait à fond. Tant qu'on n'est pas rentré, on ne peut pas savoir. Alors j'entrai dans la salle, bondée de Français. Lombard parlait encore : « Il faut un travail de civilisation. Moral, éducatif et culturel ! Pensons à Jaurès ! » À l'abri, je l'écoutais se prendre pour le maire. Où était-il celui-là d'ailleurs ? « Monsieur le député de notre circonscription… Merci pour votre présence… Monsieur le sous-préfet avec qui nous travaillons main dans la main… » On commença la séance de questions et réponses. Un important contribuable, comme il se présenta, laissa éclater sa rancœur. « Monsieur le député, Monsieur Lombard. Si j'en crois les comptes municipaux, tous mes impôts locaux passent dans le Grand Quartier. Pour quels résultats ? Bagarres, trafics, incivilités. On en regrette presque les gitans. Ça devient grotesque, on est chez Guignol. On se rapproche à grands pas des pires villes ! Et nos enfants ! Vous savez ce qu'on leur fait ? Comme ils ont peur ? Vous parliez de civilisation ? Mais on ne vit plus dans la même ! Et d'ailleurs, nous en avons peut-être trop dans ce théâtre ! Je m'arrête, je vais m'emporter sinon. Mais, sachez que je ne vous salue pas. » Les applaudissements qui suivirent dépassaient presque ceux des stades de football. Devant moi, un homme se tuait à la tâche, claquant des mains comme si on avait guéri le sida. Galvanisés par leur porte-parole, d'autres citoyens se succédèrent et vidaient leur sac. Lombard prenait des notes, interrompant les plus énervés. « Ne dérapez pas ! » dit-il à celui qui proposait l'intervention de l'armée.

J'en avais suffisamment vu et entendu pour comprendre. C'était nous le problème. Avant qu'ils ne me civilisent sur l'estrade, je rampai vers la sortie. Nous reprocher la protection patriotique de Courseine me rendit ces pavillonnaires antipathiques. Au fond, on l'aimait plus qu'eux, notre ville.

Sur l'échelle des printemps, celui-ci sentait bon, notamment grâce à mon bac français, obtenu de justesse. N'ayant étudié qu'un des trente textes à savoir, extrait des *Fleurs du Mal*, je tombai dessus. Surtout, j'avais enfin des moyens. Julien honora bien sa promesse. La qualité de son shit, huileux et non coupé au pneu, m'obligea à changer radicalement de plan. Je me rappelais une notion provenant du magazine *Capital*. L'organisation de la pénurie, ça s'appelait. Diminuer les quantités et augmenter les prix.

Pour contenir mes puissants désirs de consommation, je coffrai ma recette chez Joachim. Ses parents n'étant jamais là, on disposait à notre guise de sa maison pleine de chambres et de mobilier, ainsi que du jardin, là où une fontaine à eau faisait des clapotis. La véranda accueillait une table, belle et massive, taillée dans du marbre ou une pierre rare. Joachim y détaillait au fur et à mesure le kilo en barrettes, à la scie électrique, celle pour la dinde de Noël. La lame, si fine, évitait toute perte. « C'est un vrai trésor ! Le plus dur, ça va être de trouver le même quand on aura tout vendu ! » Devant sa motivation, sa disponibilité et peut-être l'impression que me fit sa maison, je consentis à le rémunérer dignement. Refusant l'argent, il préféra un bout du trésor. J'ai pas pu dire non. Lorsqu'il fumait, il se mettait à espérer la révolution et la destruction du lycée Thiers. Il avait viré anarchiste.

Mon trafic prenant une coloration départementale, je fus bien évidemment repéré, singulièrement par Mohamed, qui, enfin libre, cherchait déjà à se relancer dans la drogue, cette monnaie du pauvre. Son incarcération à Villepinte l'avait rendu très dur et je voyais en lui le futur Samir. Pour cette raison, je lui avançai un cinquante grammes, doutant qu'il me paie un jour.

Ma veste en cuir, seul écart à mon devoir d'austérité, me procurait beaucoup de joie. Je l'ai regardée longtemps, espérant la baptiser à l'occasion d'un rencard. Je l'enfilai finalement lors du déjeuner de félicitations que m'offrit Madame Davert pour célébrer mon bac français. Le futur s'annonçait radieux, on en parlerait bientôt. Elle me transmit également une lettre de ma mère.

« Elle est en prison ?

— Non, c'est une bonne nouvelle. Ouvre-la. »

Déchiffrant sa calligraphie, grosses lettres majuscules et fautes d'orthographe, j'appris qu'elle irait bientôt en Algérie. Et aussi que je devais lui rendre visite. Pour une surprise.

Un an sans se voir, ça crée un manque ; en me voyant, ma mère souriait large. Dans le salon, rangé vite fait, un homme se tenait. Il était plutôt grand, le crâne dégarni, vêtu d'un pardessus beige. Il ne faisait pourtant pas froid.

« Je m'appelle Skander », dit-il, d'une voix fatiguée pour de bon.

La conspiration silencieuse et méthodique de Khadija m'avait ainsi valu mon rideau des retrouvailles, cadeau qu'on n'attend pas, parce qu'on n'aurait jamais imaginé le commander, encore moins le recevoir. J'ai d'abord pensé à une farce et puis non, ce n'en était pas une, on s'appelait pareil. C'était mon père. Ils auraient été déçus à la télévision de nous voir, debout comme des cons dans la misère qui nous tenait lieu de décor. Le rencontrer ne me fit remonter aucun manque. Lui non plus n'avait pas l'air ému. Je ne reconnaissais pas mes traits, il aurait pu être le père d'un autre. Il ne connaissait pas la joie, son visage était hostile.

J'ai pensé au couteau de boucher coincé dans le compteur électrique de l'entrée. Ma mère en avait déjà planté pour moins que ça. Qu'attendait-elle pour se venger ? Tout son malheur venait de cet homme sans qui sa vie aurait été meilleure. Mais je commençais à comprendre qu'elle l'aimait encore ; son air débile l'attestait. Peut-être n'avait-elle jamais cessé de le voir.

« Il a eu son premier bac, dit-elle.

— Moi j'ai pas le bac.

— Pourquoi ? » j'ai demandé.

Il se tut mais je voulais continuer à l'embêter, pourquoi pas lui demander s'il mangeait du porc. J'aurais le temps de le faire, on allait passer la journée ensemble.

De sa ville, on apercevait La Défense et ses tours, pas celle du siège social de la TGF, probablement plus loin. Les habitants ne nous regardaient pas. D'ailleurs ils n'étaient pas vraiment là, les habitants. Vers le métro Sablons se tenait son immeuble. On ne rentra pas par la jolie entrée, la principale, celle de la moquette rouge coincée entre des barres dorées, mais par une autre porte, à côté des poubelles. Au bout des escaliers et du couloir de l'étage le plus haut, celui qui se trouvait presque sur le toit, on arriva dans un clapier. Le lit de camp, la plaque à cuire, la télévision et l'évier prenaient toute la place. Pire que chez ma mère.

« Tu te douches où ? Et les toilettes ?

— Dans le couloir, là-bas.

— Mais c'est bizarre.

— Pourquoi c'est bizarre ? Tu crois que t'auras mieux ? »

Là, il accomplit son devoir paternel d'une façon étrange, en me donnant cent euros, sans plaisir, avec son œil irrigué de noirceur ; son état naturel. J'ai juste dit merci, avec l'air coupable de celui qui prend l'argent. Ce n'est pas facile de jouer la comédie. Avant qu'on ait envie de se battre, on quitta sa cellule, direction Pigalle, pour rencontrer Houari, mon oncle.

Dans le métro, il me donna son métier ; l'électricité. Me demandant à combien ça montait niveau salaire, je le travaillais en ce sens. « Tu fais des usines ? Des banques ?

— Je fais ça au noir chez des gens, c'est pas grand-chose. » Je n'osais pas lui demander s'il avait ses papiers en règle. Je le détestais déjà.

Légèrement plus dynamique, son frère servit du café que les deux sucrèrent comme des diabétiques avant d'appeler l'Algérie et ma famille d'Oran. À mes grands-parents paternels, mes autres oncles et tantes, j'ai répété : « Ça va, ça va », comme je faisais avec la branche maternelle de Constantine. Après avoir séché la cafetière, les deux fourrèrent leurs gencives d'une feuille de papier à rouler remplie de pâte à tabac, potion montant direct au cerveau ;

quelque chose entre la drogue et les médicaments. Puis nous passâmes aux photos. D'abord celle de mon frère. « Il s'appelle Rayan, c'est ça, Houari, c'est Rayan lui ?

— C'est ton fils et tu sais pas comment il s'appelle ?

— Rayan, il habite avec sa mère. Je le vois pas souvent mais il est gentil.

— Et elle, c'est ta sœur, regarde comment elle est belle. » Khadija avait donc raison, j'avais une sœur de ce côté, dont je me forçai à ne pas retenir le prénom. Enfin, il me présenta un dernier frère. « Allez, viens, on va laisser Houari. On s'appelle, Houari, hein ? » Je ne le reverrais pas Houari, j'en étais certain.

On a marché vers la gare du Nord. Mon père raconta qu'il aimait le marché de Rochechouart pour le prix des légumes, et qu'il s'infligeait une heure de trajet pour gratter un euro sur le kilo. Il en était encore là à son âge. Quel âge avait-il d'ailleurs ? Je ne voulais pas le savoir, ce genre de confidences nous rapprocherait. Mais il désirait m'en dire plus sur son passé. Il me montra un feu rouge. « Ici en 95, j'ai mis un coup de clé à molette. La police, ils sont passés, ils ont rien fait ! Heureusement, je sortais de prison… Héroïne. » Irais-je en prison un jour ? Les chiens ne font que des chiens. Ce souvenir lui dessina son premier sourire, il savait faire en fait. Un autre lui revenait, probablement pire, il souriait de plus en plus, il bavait presque. Ça devait être une histoire de mœurs. Heureusement, on ne s'entendait plus, à cause des cris des blédards qui grouillaient autour du métro. On avait quitté la France. Certains braillaient : « *Malboro bled ! Malboro bled !* » Des insultes fusaient en l'air. « Ici c'est l'Algérie, c'est tes origines ! » En voyant ces têtes mal finies, balafrées au rasoir, toute cette humanité dérangeante, je maudissais mes origines, les pires qu'on puisse avoir. Des amis de Skander, plus honorables, le reconnurent. Là il a dit : « C'est mon fils ! » On se connaissait à peine et je lui servais déjà à faire le fier ! Après avoir fait son panier quatre saisons, il m'emmena manger des brochettes.

De la viande pas rassurante gisait dans des congélateurs. À l'addition, il me regarda comme si j'allais l'inviter. « Tu peux me donner encore cent euros ? j'ai dit à la place.

— T'es pire que ta mère ! Je suis pas riche. »

On ne naît qu'une fois, après c'est trop tard. Mon esprit m'avait lâché depuis longtemps ; restait mon corps qui se leva. Ce fut notre dernière rencontre.

En guise de famille sanguine, j'étais donc cerné par des repris de justice, des abrutis, ou des inconnus, éparpillés entre la France et l'Algérie. Sans compter les fausses familles issues de l'assistance, celles qu'on subit ou qui abandonnent. Tout ça pour moi. J'aurais donné beaucoup pour naître ailleurs.

Je n'en voulus ni à Khadija ni à ma mère. Elle méritait bien son voyage, je ne pouvais lui gâcher. À Roissy, on découvrait tous deux l'aéroport. Toute guillerette, avec sa valise, son sac à main et son billet d'avion, elle cachait la peur de retrouver sa famille et sa fille, quinze ans après. Elle pouvait remercier Chorba, qui l'avait aidée à financer le voyage, m'apprit-elle.

Il habitait désormais à Paris, pas loin de chez le professeur Perrinet, au Père-Lachaise. Redevenu blond peroxydé et toujours petit de taille, il m'accueillit plus tard, début juillet, avec enthousiasme et surtout une dizaine de personnes dans son salon. « Viens, je vais te présenter ! » Il commença par une ancienne candidate de la téléréalité,

Agathe, qui avait conservé son sourire espiègle, celui qu'on n'oublie pas, comme ses formes, à peine retenues par un débardeur. Au bout de quelques verres je me détendis. C'est alors que l'attention fut captée par le petit sachet blanc que Chorba jeta sur la table. « Bravo ! Vive Chorba Montana ! » « Merci ! » C'était leur prophète. Bastien, son colocataire, un coiffeur bisexuel sympathique, s'occupa de transformer le tas de poudre de cocaïne en une douzaine de lignes, avec une précision de géomètre. Ils roulèrent des billets, y allant de leurs bonnes narines.

La cocaïne, je l'avais toujours assimilée aux schlagues, croyant qu'elle tuait sur l'instant. Pourtant ils devinrent heureux et bavards, débordant de choses à se dire, le plus grand risque. « Mais oui ! Mais oui ! » « Tu le connais toi aussi ? Faut qu'on se revoie tous ensemble. Demain pourquoi pas ! » Une autre parla de son père : « Ma mère l'a jamais aimé ! » Ça partait dans tous les sens. Ils avaient tous des projets ou des regrets. Et ils buvaient et fumaient comme des machines. Le salon vivait.

Lorsqu'un adulte m'en proposa enfin, Chorba s'énerva, manquant de le virer, et m'emmena dans la cuisine. « Écoute-moi bien, espèce de petit pédé, tu touches à ça, la tombe de ma mère je t'encule ! » Il me raconta alors. « J'ai participé à un jeu y a deux mois. Un truc de fou ! Une radio techno faisait gagner une bouteille de vodka au Sunred, la boîte à Montparnasse. J'ai gagné et j'en suis jamais parti. Je suis devenu un mec de la night. Et maintenant c'est moi le plus gros vendeur de cocaïne et d'ecstasys. » Il vendait la mort en somme. Ça lui faisait aussi des anecdotes. « La drogue, l'argent, les boîtes de nuit, comment ça attire les meufs ! C'est abusé ! T'as vu Agathe dans le salon ? Elle me ramène ses copines de la télé ! Y en a une qui m'a proposé ses photos avec un animateur connu ! J'ai appelé les magazines pour les vendre mais c'est interdit en France. En Angleterre j'aurais pris dix mille ! »

Je ne savais pas quoi en penser. On peut changer paraît-il mais, pour lui, j'en doutais. Il commettrait son erreur fatale. Au moins, il remboursait sa dette à Courseine. Je l'informai partiellement de ma réussite. Au salon, il annonça : « Mon frère a le bac ! » Et tous les inconnus me félicitèrent sans écouter mes précisions, que c'était juste l'épreuve de français.

« On se casse au Sunred ! » Les cadavres de bouteilles ne furent pas ramassés et les zombies se dirigèrent en taxi vers la rue du Départ. Un écriteau rouge fluo brillant au loin nous indiquait le chemin à suivre. La queue de cent mètres m'inquiétait.

« Comment on va faire ? On rentre qu'à deux ?

— Et les autres, espèce de merde ? T'as pas changé… »

Le physionomiste demanda mon âge. « C'est mon frère, on fête son bac ! » répondit Chorba à ma place. « Bravo ! Vous êtes combien ? » Nous entrâmes tous. Il avait vraiment le bras long. La musique électronique qui jaillit du sous-sol me donna envie de danser. La boîte de nuit, ça vous emporte.

Dans la salle, immense, des lumières de toutes les couleurs jaillissaient de machines tirant aussi de faux feux d'artifice éclatant au plafond. Les gens s'agitaient grâce aux ecstasys, d'autres s'embrassaient. Au carré à bouteilles, on nous mit une table ; champagne, vodka, whisky, en double ou en triple. Agathe voulut m'inviter pour danser mais je m'esquivai. Je n'avais pas les épaules. Affalé sur le canapé, je sirotais mon verre, contemplant le spectacle.

Quand Chorba eut fini de droguer la boîte, il se reposa enfin. On parla de ma mère. « C'est une guerrière ! Elle m'a aidé pour mes affaires, au début. » Il discuta ensuite avec son ami de la police. Je refusai qu'il me le présente.

Le Sunred se vidait et nous rentrâmes à l'appartement avec des gens du début mais aussi d'autres pour l'after, seconde soirée dont le principe est simple : drogue et alcool jusqu'au matin, voire l'après-midi. Chorba comptait sa nuit, le nez dans sa cocaïne. J'écoutais son colocataire me décrire sa vie d'adulte. « Je taffe du lundi au vendredi. Et le week-end je me massacre. »

L'Histoire, je l'avais toujours prise pour une épopée sensationnelle, faite de mouvements et de grands personnages. Je la connaissais des livres. Avec des années de retard, j'arrivais pour évaluer les fameux problèmes de l'ex-Yougoslavie, en Croatie.

Sur les routes douteuses de ce nouveau pays, nous roulions à vitesse suffisante pour constater l'irrégularité des maisons et leurs murs, troués aux balles de kalachnikov. Assis sur des chaises en plastique, des Croates nous regardaient passer. Peinards, ils semblaient avoir oublié leur guerre. Ou peut-être attendaient-ils la prochaine. Je pensais à Juvénal, parti à l'armée à la fin du mois de juillet sans prévenir. Si j'avais pu, je lui aurais offert mon couteau suisse. Dans la difficulté de l'Afghanistan, lorsqu'un taliban tenterait de l'assassiner, il pourrait l'utiliser comme je l'avais fait sur les Collines Noires. On se reverrait un jour ou l'autre, sur un quai ou dans un RER, là où on croise les militaires en permission, les cheveux bien rasés, portant leur énorme sac à dos vert kaki.

Ce séjour en Croatie, trouvé par l'ASE, dura deux

semaines, dont le tiers à rouler dans un minivan. Du temps perdu, irrécupérable. Au départ de Paris, cinq colonies devaient d'abord descendre à Montpellier, le point de ralliement intermédiaire, avant que chacune ne se dirige vers un pays de l'Europe du Sud, solaire et pas chère.

Ici, avec mes amis éphémères, sans réelles activités prévues, nous étions dans l'humain ; nous n'avions rien d'autre à faire que se parler et se reparler. Bivouaquant d'un camping l'autre, nous traversâmes d'abord l'Italie pour constater la tour penchée de Pise, les canaux de Venise et je ne sais quoi à Florence. Durant ce périple inutile, nous ne mangions que des conserves.

Contrairement aux autres, j'étais venu seul, sans binôme, sœur, cousin ou ami. J'incrustais la tente de Yanis et Malik, joyeux drilles de Montpellier, parlant une langue jolie et loufoque. Ils aimaient fumer mon shit magique dont j'avais apporté quelques barrettes. « Oh, pelo ! On n'a pas ça dans le 34 ! » Pour me remercier, ils partageaient leur bouteille de rhum blanc. « Tu deviens aveugle en deux mois avec ça, on en a connu des pelos à qui c'est arrivé ! Par Allah que c'est vrai ! » Autant le dire, c'était des paysans, pas à la page. Ils s'habillaient au marché et rentraient leurs pantalons dans les chaussettes. Quant à la vie à venir, ils n'avaient rien prévu.

Leur centre commercial local, le Polygone, semblait être leur seule réjouissance. Ils ne me parlaient que de ça. Ça sentait la mort à Montpellier. Je leur expliquai donc la banlieue parisienne. C'est uniquement par eux que je compris à quel point la France nous observait, envieuse de nos rappeurs et de nos faits divers. Jamais je ne m'étais senti aussi respecté. Et jamais je n'avais autant menti. Ils m'écoutaient leur raconter mes faits d'armes, braquages, bagarres et connaissances. Plus je leur donnais des joints, plus ils se forçaient à me croire. « Mais nan, pelo, mais nan ! » répétaient-ils.

Je passais aussi du temps avec Laure et Fleur. Faut pas se tromper quand on s'introduit. Dès les premiers jours, j'avais bien compris qu'elles feignaient de s'intéresser aux autres, toujours ailleurs pendant qu'on leur parlait. À Yanis et Malik, elles ne donnaient que des sourires, pas de véritables phrases, comme s'ils n'étaient pas sur la même fréquence. Pour me démarquer, je ne leur proposais ni à boire ni à fumer, m'échinant à rehausser mon niveau de discussion. Ça faisait un bail.

Laure et Fleur venaient pour leur part du Raincy, la seule belle ville de Seine-Saint-Denis. « On est un peu le village gaulois », riaient-elles. Grâce à ma connaissance ancienne de ce département, ma seconde maison, nous eûmes un premier sujet de discussion, idéal et facile même si la ville de ma mère leur était inconnue. Je travaillais Laure avec mon histoire d'assistance. « Mais c'est horrible ! » Elle ne comprenait pas. Le plus difficile fut de ne pas complètement tomber amoureux de ses yeux bleus. Ça rend la vie simple, les yeux bleus, c'est certain. Mais encore plus que son visage, c'était sa manière d'être qui me plaisait. Au lycée ou dans la rue, je n'avais jamais rencontré quelqu'un d'aussi mûr à son âge.

« Mes parents m'ont toujours appris à réfléchir à long terme. Alors après le bac je rentre en classe prépa pendant deux ans. Je vais étudier comme un moine, je vais m'oublier. Et puis après j'irai dans une bonne école et puis en Angleterre. Et ainsi de suite. Jusqu'à ce que j'aie un beau travail. Tu sais, c'est comme les communistes et leurs plans quinquennaux. Vous avez vu les communistes en section technique ?

— Évidemment !

— Et l'anglais ? Pour toi c'est quoi être bilingue ?

— Quand on réussit à faire des blagues en anglais !

— *For me, it's when you can think in English.*

— *Of course, of course* », j'ai dit, vaincu.

Elle voulut ensuite connaître mon plan quinquennal.

« J'ai rencontré un avocat dans les entreprises. Il va me conseiller. Mais j'aime bien les banques aussi. »

Ses yeux brillèrent au son de la Banque, son père était dedans. « C'est super ! Je ne pensais pas ça de toi !

— Tu m'as pris pour un des deux branleurs de Montpellier ?

— Vous êtes coiffés pareil, c'est normal. »

Tout venait des cheveux, ça nous séparait des Français, rarement coiffés comme nous. On ne voyait jamais leur crâne tandis que la tondeuse rongeait le nôtre.

Il y pleuvait tellement en Croatie que nous passâmes plus de journées en K-way, à marcher le long des ports, qu'en T-shirt. La nuit, on écopait l'eau qui tentait de dormir dans nos couchages.

À Dubrovnik, assommés d'ennui, les deux pelos de Montpellier organisaient toujours des veillées dans leur tente, transformée en tipi, avec plein de fumée. On chantait du rap à n'en plus dormir. C'est lors de l'une de ces soirées que Malik se mit à peloter Marina, sa compatriote de Montpellier, parce que la veille, où nous étions dans le même état, fracassés, elle l'avait embrassé. En conséquence, il s'imaginait propriétaire de son corps. Après l'avoir giflé, elle quitta la tente, furieuse. Malik paniqua quand Marina le menaça de le faire arrêter au retour par son père. Il était commissaire à Montpellier. Ça lui fit tout drôle à Malik, suffisamment pour éteindre ses velléités.

Le bénéfice de ce fait divers fut pour moi. Dès le lendemain, je me retrouvai en couple avec Marina. Mais, l'affaire à peine conclue par un baiser, je pensai à Laure, dont je discernais la jalousie. Elle me rentrait dedans avec des questions directes : « Ah mais tu l'aimes ? Vous allez vous revoir après les vacances ? » J'aurais pu tenter ma chance mais hélas, je me sentais inférieur depuis sa remarque sur mes cheveux. Sur la durée restante du séjour, ils ne repousseraient pas.

Marina, plutôt jolie et d'une belle taille, fine et en chair, me donnait cependant du souci par ses vêtements, un grand problème, certainement régional. Le vice de la marque, je l'avais, une fois qu'on l'a contracté, on ne peut plus rien faire, c'est pour toujours.

Ce qui nous liait l'un à l'autre, nous n'eûmes pas le temps de le découvrir durant notre flirt.

Je l'avais tout de même emmenée au restaurant, les animateurs n'ayant rien prévu pour ce dernier jour, sauf le feu d'artifice gratuit et leur coït bien sûr. On discuta de son père, je voulais en savoir plus sur les méthodes des commissaires, au cas où. « Il nous raconte de temps en temps. Je sais qu'il en a marre. À chaque fois il se plaint et dit qu'il va arrêter. La dernière fois, on lui a tiré dessus dans un camp de gitans. Il a failli mourir, en tout cas c'est ce qu'il nous a dit. Sa crainte, c'est qu'on se fasse influencer par les Arabes. Il parle souvent d'eux, il dit qu'ils foutent le bordel.

— Les Arabes, tu veux dire les blédards ?

— Il m'a pas dit ça comme ça. Quand je lui ai dit que Yanis venait à notre colonie, il n'était pas content. Il l'a arrêté une fois.

— Tu vas lui dire que j'étais arabe ?

— T'es arabe toi aussi. Mais t'es pas comme eux, non ? »

Au lieu de prendre le chemin de la vérité, j'ai réfléchi à cette histoire d'Arabe.

« Je t'ai pas vexé, j'espère ? »

Elle était douce, Marina, plus que Laure, dans ses yeux je voyais bien sa sincérité. J'essayais de l'aimer, hélas ce fut moins facile que de finir son assiette et de tout payer. Je pris néanmoins sa main et nous eûmes la chance de nous balader sans qu'il pleuve.

Comme il me restait beaucoup d'argent, je désirais qu'on ait notre intimité. Nous rentrâmes au camping, tenu par un Anglais énorme, comme tous les Anglais de ce camping. Je lui avais laissé un billet le soir où un Allemand nous avait soupçonnés de vol. C'était vrai. Yanis lui avait volé son téléphone qui chargeait aux douches.

« *How much for a mobil-home ? Discount please !* j'ai demandé.

— *French guys ! You are the best ! Give me fifty for the night.* »

Elle était fière de moi, la baleine anglaise, ses yeux clignaient et ses lèvres babinaient.

Comparé à nos tentes, le mobil-home, c'était Byzance. On s'est bien sûr embrassés avec Marina, plein de fois, jusqu'à ce que l'idée de nudité s'impose. « On fait tout mais on couche pas, j'attends encore un peu pour ça. Tu l'as déjà fait toi d'ailleurs ?

— Jamais. Pourquoi tu attends ?

— J'ai une copine qui m'a dit que si je commençais trop tôt, j'allais salir ma réputation. »

Moi aussi, je pouvais attendre. Nus, nous eûmes un problème. Elle avait des poils.

— Pourquoi t'en as ? Tu te les rases pas ? »

Elle me qualifia de bizarre. Plutôt que de poursuivre cette discussion, on se retoucha pendant longtemps. Elle n'arrivait pas à me faire jouir, alors je lui pris la main en imitant le mouvement à sa place, pendant de longues minutes. En vain. « T'as regardé trop de films porno, toi, ça se voit. Faut que t'arrêtes, tu vas jamais t'en sortir sinon ! »

On a parlé encore, jusqu'à ne plus rien avoir à se dire. Ça arrive vite.

Au retour, revoir Laure s'annonça moins simple que je ne l'avais imaginé. Le baccalauréat qui se profilait lui accaparait tout son temps, objectif que rien ne devait troubler, surtout pas moi. J'ai lutté pour l'obtenir, mon rendez-vous. Mais le souvenir de nos conversations en Croatie, dont je ressentais encore les effets, me donnait la force nécessaire. Les inconnus, on n'en rencontre jamais assez.

Pour l'impressionner, j'hésitais à lui proposer une virée au Sunred, désormais bien investi par le Tout-Courseine. Le nouveau pouvoir de Chorba avait provoqué, il est vrai, une petite secousse chez nous. C'est moins la vente de cocaïne qui donnait à l'endroit son attractivité que les belles filles faciles qu'on y trouvait. Y entrer était devenu pour certains un objectif de vie. Quelques bruits, probablement remixés, faisaient aussi état des penchants de ceux qui aimaient danser avec les hommes. Et l'alcool, puissant élixir contre lequel on ne lutte jamais longtemps, se répandait dans les mœurs. Au milieu de cette faune, Chorba jubilait, beaucoup trop, accordant ses faveurs à n'importe qui, même à ses anciens bourreaux. Il avait besoin d'amour, Chorba.

Mieux valait éviter tout ça. Le seul endroit fréquentable que je connaissais à Paris se trouvait à Saint-Michel, dans la rue des restaurants grecs. On n'y voit pas la banlieue ici, juste des touristes, même américains, et des Français sans histoires. Arrivé avant Laure, je cherchai le meilleur établissement. Mais il me semblait qu'ils appartenaient tous au même propriétaire, à cause des énormes brochettes similaires qui suaient en vitrines.

On n'a pas mangé. Laure n'aima ni l'endroit ni le menu. « Ça sent l'huile », disait-elle. Le Grec qui touchait ses poils et les pains pita ne m'aida pas. Elle suggéra qu'on marche.

Si en Croatie elle m'écoutait, presque émue, là dans notre pays, mes mots et mon ton, pourtant sincères, ne l'atteignaient plus. Elle se permit même une nouvelle réflexion sur ma coupe de cheveux. Comme le boulevard ne finissait pas, je pressentais qu'elle aurait tout le temps de trouver d'autres remarques. Et tandis que je marchais et l'écoutais, je regrettais aussi ma nouvelle tenue, payée très cher pour l'occasion. Heureusement, devant un bâtiment historique, la Sorbonne, elle changea de sujet et me parla de ses chocs littéraires. L'expression était la sienne. « C'est un livre, souvent un roman, qui te marque pour toujours. Tu le lis et tu as l'impression que l'auteur l'a écrit pour toi. Tu connais Dickens, *Les Grandes Espérances* ? Ma mère me l'a offert. Ça se passe au Royaume-Uni, mon pays préféré. C'est marrant, ça m'a fait penser à toi ! » Moi, je n'avais même pas le poème de mon bac français à lui citer.

Quand nous arrivâmes devant une station de RER, elle proposa de m'accompagner à Courseine. « Pour quoi faire ? » j'ai demandé, plein de panique. Elle cherchait encore à se moquer, c'était clair. Y avait rien à voir dans notre ville, juste des policiers, parfois le sous-préfet et Monsieur Lombard, venus tenir leurs promesses civilisatrices, toujours le matin, quand les animaux dorment, regardant nos tours comme doivent le faire les touristes à New York. Les touristes, on n'en avait jamais vu chez nous. Je prétextais donc que je dormais chez ma mère en ce moment, que ce n'était pas mon chemin. Tout plutôt que de lui dévoiler ma ville. Faut-il n'avoir jamais connu de problèmes pour estimer que ceux des autres sont des farces ? Elle m'avait éteint, Laure. Nous n'allions jamais nous revoir.

Il fallait néanmoins que je fasse comme elle. En terminale, l'usage veut qu'on obtienne son bac et qu'on s'attaque ensuite aux études. Alors, les élèves changent et redoublent d'efforts, à cause de l'espoir des filières sélectives. Pour rattraper mon retard, j'essayai de me greffer à cette émulation. Mais des professeurs aux élèves, plus personne ne me prenait au sérieux.

Au moins, j'étais vierge en philosophie, matière nouvelle. À la différence de la comptabilité, elle me plaisait. Grâce à elle, on se sent de la section générale, on revient dans le monde du cerveau. Mais elle tourne à vide cette discipline. De bonne réponse, il n'y en a simplement pas. « Tout ce que je sais, c'est que je ne sais rien. » Tels des novices de la pensée, nous discutions de cette phrase de Socrate lorsque le conseiller d'éducation principal interrompit notre cours. Il voulait que je le suive : « Finie la maïeutique, prends tes affaires. » Il me laissa chez le proviseur.

« Encore vous…, me dit son assistante.

— Je ne suis pas ce que vous voyez ! j'ai dit.

— Je ne rigolerais pas à votre place. »

À l'évidence, elle n'aimait pas la philosophie.

Demeurant dans mon ignorance socratique, je repérai le personnel administratif qui me tournait autour, oscillant entre curiosité et dédain. Le silence revint et la faim se baladait dans mon ventre. Deux hommes et une femme à queue de cheval, tous habillés en cuir, arrivèrent et patientèrent comme moi. Ça ne voulait dire qu'une chose. Le proviseur sortit de son bureau : « Enfin ! Enfin ! » dit-il, vraiment content. « C'est lui ? » demanda l'un des policiers. L'ignoble Brassac approuva avant de loucher sur les plaques des policiers. « La police judiciaire ? C'est du haut de gamme ! Entrez, entrez. Merci d'être venus aussi rapidement ! »

Dans son bureau, on sentait bien son résidu d'haleine. Les policiers déclinèrent ses offres de mise à l'aise. À moi, il ne proposa ni jus de fruits ni viennoiseries.

Le policier à la veste longue commença enfin. « Grâce à ton proviseur, tu dois avoir compris pourquoi nous sommes là. Tu es effectivement placé en garde à vue à partir de maintenant. On t'expliquera en détail au commissariat où tout sera consigné sur procès-verbal.

— Oui, oui, ne fais pas cette tête, fripouille ! Tu imagines les parents de Joachim ? embraya Brassac. Corrupteur, va ! »

S'ils m'avaient eu par Joachim, ils avaient dû saisir mon stock et mon butin. J'étais fini.

« Vous voyez, regardez-le ! Il passe déjà aux aveux !

— Mais taisez-vous, bon sang ! Vous nous sabotez, là ! » s'énerva le policier gentil.

Au lieu de s'excuser, il leur donna un dossier, certainement le mien, dans lequel les trois se plongèrent. J'ai réfléchi au néant. Il existe, on y est bien quand on le découvre. Ça permet de tout oublier. « Prenez-le maintenant ! Et surtout, menottez-le ! Ils ne savent faire que ça, courir. Après la merde ! C'est le procureur qui parle, j'avais la vocation mais j'ai raté le concours... Vous pourrez le noter évidemment. »

La dame prit mon sac et ses deux collègues me mirent les pinces pour m'exfiltrer sans aucun témoin.

Dans leur voiture maudite, les radios crachaient un langage indéchiffrable, celui grâce auquel les condés ont de l'avance. On roulait d'une ville à l'autre, en silence ; mes poignets me démangeaient.

Au commissariat de Choisy, après les vitres pare-balles et l'accueil, tenu par un bleu-bite comme se font appeler les policiers inutiles, on arriva aux choses sérieuses. La tragédie de la première garde à vue réside surtout dans la perte de son incognito. Ils me prirent donc mes empreintes digitales, mes muqueuses, les photos et me demandèrent de remplir une fiche de renseignements comme je n'en avais jamais vu. Désormais que j'étais fiché, on pouvait me ressortir des bêtises du passé, tout objet louche sur lequel j'aurais mis mes paluches ou des images de caméras de surveillance. Je haïssais ma notoriété.

Comme j'identifiais depuis longtemps les cellules aux pompes, j'en fis quelques séries jusqu'à ce qu'on me nourrisse d'une barquette de pâtes au thon, plutôt bonnes malgré le goût plastique. L'adrénaline totalement évaporée, ma petite digestion m'obligea à la réflexion.

Le risque carcéral, je préférais l'oublier, ainsi que mon épopée dans le trafic. J'allais me consacrer à mon bac.

J'allais leur dire. À eux et à tellement de personnes en sortant d'ici.

Quand on a affaire aux policiers, mieux vaut garder son calme. Ils se régalent de votre peur et agrandissent le trou que vous avez commencé à creuser, puis ils vous y jettent. Ceux qui revenaient de garde à vue ou de prison nous racontaient toujours, pour qu'on sache quoi faire lorsque notre tour viendrait. On appelait ça la transmission. J'avais toujours écouté bien sûr. Et grâce à Brassac, j'en savais déjà beaucoup.

De la cellule mitoyenne, un homme cria : « Y a quelqu'un ? Je suis seul ! Au secours ! J'ai rien fait ! » Un bleu vint lui demander de se taire avant de m'emmener à la séance de questions-réponses.

« Skander, moi c'est OPJ 1. On va tout t'expliquer et enregistrer ta déposition.

— Je suis prêt, Monsieur OPJ 1.

— Mais avant, on va aller perquisitionner chez toi avec OPJ 2. »

Peu d'affirmations eurent un effet aussi puissant sur mon métabolisme. Je l'avais oubliée, la perquisition.

« OPJ 1, OPJ 2, je vais tout vous dire, mais s'il vous plaît, on va pas chez moi. Je bougerai pas de là ! bégayai-je, en début de crise.

— C'est la procédure. Ça va bien se passer, ne complique pas les choses, me répondit OPJ 2.

— Mais vous voulez pas m'entendre d'abord ? C'est pas ça la procédure ?

— Allez, s'il te plaît. »

En voyant ces OPJ, pas encore méchants mais capables de le devenir, l'illusion qu'on n'irait pas chez moi s'estompa.

Je pouvais encore me sauver.

« Ma mère habite loin.

— On va chez ton assistante maternelle, à ton adresse de Courseine, confirmée par ton proviseur. »

Devant la porte de ma cellule, un peu pour rire, un peu pour les avertir, j'ai dit aux OPJ : « Menottez-moi ! Il a raison le proviseur. Là si je peux courir… » Ce fut bien la dernière fois que je rigolais de la journée. La grosse horloge m'indiqua que seulement quatre heures s'étaient écoulées depuis Socrate. J'aurais aimé que ça dure un an. Tout pour éviter la perquisition. Même Chorba n'avait jamais fait ça à Khadija.

On arriva devant notre immeuble et on y entra. Ils sont comme le facteur, les policiers, ils ont le passe-partout.

« Ça va aller, ça va aller. C'est juste un mauvais moment », me rassura OPJ 1. Les secondes reprirent leur rythme normal et je découvris que Madame Khadija pouvait devenir blanche. « C'est quoi ? Pourquoi ?

— Trafic de cannabis, lui précisa OPJ 2.

— Cannabis ? C'est quoi ? » Alors j'ai dit haschisch avec l'accent arabe et elle se gifla des deux mains, puis se tint la tête en répétant : « Pourquoi tu me fais ça ? Pourquoi ? Mais vous êtes sûrs ? » En rentrant, ils lui précisèrent que je n'avais pas nié et que j'étais effectivement un trafiquant de drogue. Sur ces mots, ils demandèrent ma chambre pour la fouille intensive du matelas et des placards. OPJ 2 compta les jeans et renifla ma veste en cuir. « C'est pas mal comme marque ! C'est du vrai ?

— Oui.

— On va te le laisser alors, ça serait dommage que tu prennes froid. »

J'ai pas osé le remercier. À Madame Khadija, désormais calmée, ils dirent : « On vous le ramène bientôt. »

Avant l'interrogatoire, OPJ 1 tenait à discuter hors procédure. « C'est rare qu'on ne saisisse pas le produit de l'infraction. Ça faisait une belle preuve… Mais en regardant ton dossier, on a décidé de te faire cette fleur. Des comme toi, qui conjuguent les cours et la délinquance, on en voit quelques-uns. Et là, il y a deux doctrines. Ou bien celle de la sévérité et de l'égalité de traitement. Pourquoi tu prendrais moins qu'un autre ? Ou bien l'indulgence. Moi je suis de cette école. Tu passes ton bac et tu es de l'ASE. Je me vois mal te charger. C'est pour ça qu'on te laisse tes vêtements. Après tout, les risques que vous prenez, c'est rien que pour ces chiffons… »

Au commissariat, j'ai galéré encore une heure dans la cellule. En passant devant la cellule voisine, je vis le bagnard qui hurlait encore y a pas longtemps, la carcasse recroquevillée et emmitouflée dans elle-même. Il n'y croyait plus.

Nous commençâmes enfin l'interrogatoire. Joachim avait tout balancé. Comment ? Je ne le saurai jamais. Mais ils avaient tout saisi, je ne sais plus exactement combien ; quelques petits milliers d'euros en nature et en numéraire. De moi, ils n'attendaient pas grand-chose, se contentant d'une vague réponse quant à mon fournisseur. « Un Arabe de la gare de Vitry. » C'est commode, les Arabes, on croit toujours qu'ils sont coupables. C'est ce que m'avait dit Marina en Croatie. J'ai signé ma déposition avant d'être redéposé par OPJ 1 qui me mit en garde. « Pas de représailles sur Joachim ! » Un juge pour enfants déciderait de mon sort dans l'année.

Je n'eus pas le temps de pleurer sur ma disgrâce. J'avais donné le bâton, on allait me finir avec.

Même le récit de mon arrestation à tout le lycée, on me l'a interdit. Je n'y suis même pas rentré. Dans la semaine, Brassac organisa mon conseil de discipline. Après la lecture de mes antécédents et, bien entendu, de la grosse bêtise, on vota à l'unanimité mon exclusion. Pas un professeur ne me défendit, pas même la philosophe. Les syndicats étudiants, fumeurs invétérés et clients réguliers, me lâchèrent aussi, m'accusant d'avoir engrainé Joachim. Mon sort scellé par ces hypocrites, je ne me défendis pas, laissant Khadija le faire à ma place, si sincère qu'elle laissa échapper un « maudits Français » en arabe. Je ne verrais donc plus ce lycée Thiers. Enfin.

Quand on se fait attraper et qu'on a encore sa famille à peu près responsable, la chose à laquelle on n'échappe jamais, c'est la prison. Pas la vraie, celle du domicile. C'est le premier ordre que reçut Khadija de l'ASE : « Enfermez-le ! » En retrait du Grand Quartier, je laissai le petit Landry, qui habitait à deux cents mètres dans le même immeuble, m'informer de mon nouveau statut. Six heures de garde à vue, c'était trop peu pour Mohamed qui se répandait en menaces. Il me soupçonnait de l'avoir balancé. Pourtant c'était l'inverse. Mon ami, rencontré il y a tellement longtemps, je l'avais bien aidé depuis sa sortie de Villepinte. C'était lui mon dernier fournisseur, payé comptant. Il me devait aussi une commission. J'en avais bien besoin.

Pour économiser sa santé, on doit commencer par ses sous, disait Khadija. Si elle arrivait à se tenir, quand les promotions atteignaient des records, elle n'en pouvait plus. Elle attendait au maximum. Elle arrangeait ses comptes pour avoir un billet qui lui permettrait de se soulager. Le discount de Villejuif, on ne connaissait pas mieux pour ça. Nous partîmes un mercredi à dix heures du matin à la recherche d'une friteuse. J'avais l'air d'un con à l'accompagner encore aux courses. Mais un con aux aguets ; à cause de Mohamed.

Tout était déjà plein à Villejuif ; le parking, la double file, le magasin. Je m'y faufilai, malgré l'agent de sécurité, dépassé par le moins cinquante pour cent du jour. Il fallait les voir, ces femmes, mi-bêtes mi-hommes. Des maigres et des grosses, voilées ou pas, une bonne quarantaine, esclaves de leur désir, sans pitié et probablement sans friteuses jusqu'à ce jour. « C'est à moi ! Tu me la laisses ! » « J'étais là avant ! Salope ! » se lançaient-elles. Certaines rampaient, d'autres utilisaient leurs fils en boucliers ou en coursiers. On en voyait aussi se ressourcer au rayon laitages. Alors bien sûr, il n'en restait plus vraiment, des friteuses. Aux caisses, les chanceuses portaient leurs cartons avec détermination. Quand elle me vit revenir bredouille, Khadija voulut m'y renvoyer.

« C'est la guerre là-bas ! Allez voir !

— Je m'en fous !

— Y en a plus, je vous dis ! On va au discount de Saint-Mandé sinon. C'est tranquille là-bas.

— J'espère pour toi qu'on va en trouver une ! »

Elle a pas dit oui, elle était déjà partie, sur le chemin, dans la friture. On roulait à un rythme de cavale. Après la nationale, assez vide à cette heure, au point de passage de l'Aiguille, elle s'engouffra sur la voie réservée au bus qui traversait le département d'est en ouest.

« Vous êtes folle ou quoi !

— On s'en fout, y a personne à cette heure-ci !

— Et la police ! On va se faire arrêter !

— J'ai les plaques diplomatiques ! »

On a foncé à toute vitesse, dépassant presque des voitures sur l'autoroute voisine qui bordait notre voie rapide. D'un coup de volant barbare, elle se faufila entre deux bus. Alors je l'ai aidée, faisant ce que je savais faire de mieux, guetter la police. On arriva enfin à Saint-Mandé, la belle partie du département, celle des résidences privées à l'intimité respectée. Ici le parking était quasiment vide, ça laissait de l'espoir, les clients sortaient tranquillement, sans friteuses. « On a reçu l'ordre de fermer, apparemment les autres magasins sont déjà en pénurie, me dit la vendeuse qui fumait sa cigarette dehors.

— C'est pour ça que je suis là », dis-je le regard happé par la pile de friteuses.

Y en avait plein.

« Il m'en faut une absolument !

— Ce n'est qu'une friteuse…

— Je sais.

— Allez, dépêchez-vous, vite !

— Fermez ! Elles arrivent pour vous piller ! » dis-je en ressortant.

En revenant à la voiture, Madame Khadija me voyant porter le carton se mit à applaudir. Et sans me prévenir, elle me prit dans ses bras.

La friteuse fonctionnait bien, ça la rendit heureuse. On ne reparla pas de mon arrestation. On ne parla de rien d'ailleurs.

Les formalités administratives s'empilaient, essentielles à la préparation de mon jugement à venir au tribunal pour enfants de Créteil. Pendant que l'ASE me cherchait un avocat, je pris le parti d'appeler celui que je connaissais, l'ami du professeur Perrinet dont j'avais précieusement conservé la carte.

Il fixa un rendez-vous qu'il annula une heure avant. Au troisième report je n'y croyais plus mais il me trouva un créneau matinal, dans le taxi, entre chez lui et son cabinet d'avocats à Opéra. Les embouteillages, tunnels de voitures statiques aux passagers à bout, nous donnaient du temps.

« En ce moment, je travaille près de vingt heures, j'en facture quinze. Nous intervenons sur une importante opération transfrontalière d'un secteur que je ne peux même pas te donner. Mais ça sera bientôt dans les journaux. Mon nom aussi.

— C'est la TGF ?

— Généralement les banques participent, elles prêtent de l'argent aux entreprises, elles les conseillent, on les conseille.

— Vous avez déjà conseillé Monsieur Bordereau ?

— Tu m'en avais déjà parlé, il t'obsède à ce point ? Lui, personne ne le voit, c'est le cercle supérieur. Moi je traite avec le cercle inférieur. C'est déjà pas mal. Tu as déjà vu un jet privé ?

— J'ai jamais pris l'avion.

— Si tu veux voir Bordereau, va au Bourget.

— Au Bourget ? C'est sur le RER, je connais. Mais j'ai jamais vu Bordereau dedans.

— C'est l'aéroport pour les jets privés. Au pire, regarde dans le ciel.

— Avant j'y cherchais Dieu. »

J'oubliai de lui parler de ma situation, j'avais trop peur qu'il me juge. Ses histoires passionnantes me suffisaient, je salivais en l'écoutant me conter ses voyages pour des contrats avec ses gros clients qui le payaient grassement pour s'occuper de leurs affaires. Je ne voulais plus partir. Son téléphone sonna. « C'est le boulot ! » me prévint-il en décrochant. Le compteur du taxi avançait plus vite que nous mais l'avocat n'était pas inquiet. Il arrivait à travailler de son téléphone. Parfois, il arrêtait de parler à son client et appelait son stagiaire pour une précision sur un document. Ça pourrait être moi un jour, me disais-je. Dans la conversation, le mot « billions » revenait souvent, me faisant cligner des yeux.

Au fond, j'avais trahi et tout gâché. C'est ce que me dit en substance Madame Baer, la directrice de l'ASE, sur un ton martial.

On commença donc par une séance de morale. Elle y tenait absolument, surtout pour comprendre comment j'en étais arrivé là. Sa question, je la trouvais étrange. Contrairement à ma garde à vue, l'envie de passer aux aveux m'effleurait, celle de raconter mes années de délinquance, mon obsession d'argent, maladie dont j'avais pris conscience et qui me rongeait plus que toute autre, plus que les folies de ma mère et la farce tragique de mon histoire familiale. Je ne le fis pas. Déjà que j'arrêtais les bêtises, cela suffisait.

Madame Davert arriva alors. Sa recherche d'avocat avait été plus fructueuse que la mienne, elle avait réussi à trouver un Maître à Vincennes. Ce sujet résolu, elle s'occupait de me chercher un nouveau lycée. En attendant, l'assistance me paierait des cours de mathématiques, dispensés par une jeune professeure qui viendrait à la maison. Bien qu'aucun espoir de performer ne m'animât, cette matière à coefficient 5 pouvait m'être fatale.

« Malgré tes difficultés de comportement et, hélas, ce qui vient d'arriver, nous devons parler d'avenir. Nous avons décidé de te faire confiance et de te signer un contrat jeune majeur pour t'accompagner au-delà du baccalauréat. C'est un pari. En raison des circonstances, il faut envisager que tu repasses ton baccalauréat.

— Je vais l'avoir, j'en suis sûr.

— D'accord. Alors, nous t'offrirons, comme d'habitude, les conditions idéales à ta réussite.

— Merci beaucoup. C'est gentil. Je suis encore désolé pour ma bêtise. » Et puis elles se regardèrent. Madame Baer succéda à Madame Davert.

« On va oublier cet évènement pour le moment. Tu sais, nous n'avons pas l'habitude d'avoir des enfants qui ont le potentiel pour faire des études. Je ne dis pas que tu as réussi ta scolarité, ce n'est pas le cas. Mais, nous sommes certaines que tu es capable de rebondir.

— J'en suis sûr.

— Tu ne pourras normalement pas accéder aux filières sélectives. Des établissements privés pourraient néanmoins te prendre en BTS. Tu pourrais aussi rencontrer un ancien enfant placé qui est devenu assistant bilingue en commerce international. Ce sont des profils très recherchés par les entreprises de ton département, notamment à Rungis.

— J'ai pas envie d'assister le marché de Rungis ! J'ai vu un avocat dans les affaires, il est bilingue aussi et il a bien réussi.

— S'il te plaît, réfléchis vraiment, implora Madame Davert. Avocat, c'est long. Or en trois ans tu ne pourras avoir qu'une licence, là où il te faudrait deux masters. Après la licence tu feras quoi ?

— Je ferai les deux masters. »

Elles devenaient bizarres. Madame Baer reprit la parole.

« Tu ne mesures pas exactement où nous voulons en venir. Le contrat que nous allons te faire signer, au-delà du fait qu'il soit engageant, ne se renouvelle pas automatiquement. À compter de ta majorité, et on l'espère, de ton bac, tu en signeras un nouveau, tous les six mois. C'est beaucoup d'argent dont l'État surveille l'utilisation. Le véritable enjeu, c'est la durée, il est prévu pour trois ans maximum. Ensuite, Skander, on ne se verra plus. Ce sera fini. »

Elles m'ont alors répété la même chose, chacune son tour, exactement la même chose, parce que je demandais qu'on me la répète. Leur « on ne se verra plus » retentissait comme un cauchemar.

« Je te le demande une dernière fois. Es-tu certain de ton choix ? Avant de nous répondre, sache que l'ASE te financera bien les études que tu souhaites, mais que nous te conseillons les courtes, pour te permettre de devenir autonome à l'issue du contrat jeune majeur dont la durée maximale sera de trois ans.

— Jamais je ferai les courtes, je prends les longues.

— Très bien. »

L'ASE ne voulait pas que je sombre. Dans trois ans peut-être, mais pas maintenant. Là, on me désirait volontaire pour gérer les urgences.

Khadija, je l'avais compromise, le rideau était aussi tombé pour elle. L'ASE lui reprochait mes agissements. Elle n'attendait plus grand-chose, à part qu'on lui achète sa berline. J'avais écrit l'annonce, elle en demandait beaucoup. Pour ne pas augmenter le kilométrage, elle essaya le bus, expérience traumatisante qu'elle ne renouvela pas trop. La banlieue sans voiture, c'est comme marcher sans jambes ; on n'y arrive pas. Même pour ses cinq prières, commencées du jour au lendemain, elle s'asseyait. Elle s'économisait. Je le compris en découvrant de la poussière sur un meuble.

Dans la continuité, elle remplaça la télévision française par la radio islamique. Un pas du salon vers la cuisine. Une publicité revenait souvent, celle d'un sorcier, encore un. Ses compétences et promesses étaient illimitées. Alors, elle réfléchissait, se contenant pour ne pas l'appeler, lui qui répétait toujours son numéro deux fois. C'est l'enfer qui lui faisait peur, je l'ai entendue. Heureusement qu'il y a Dieu pour nous écouter, sinon les prières n'iraient pas plus haut que les placards à conserves.

Je rencontrai enfin mon avocat de Vincennes, pendant les vacances de décembre. Il bougeait beaucoup et répétait : « Crois-moi ! » Mais je le sentais déterminé, pas comme les commis d'office, réputés bâcleurs de leur travail et de la vie de leurs clients d'une heure. Il m'apprit d'abord que les tribunaux étaient pleins, qu'on ne connaissait pas les vacances à Créteil, qu'il ferait le nécessaire pour demander une date avant mon bac. « On pourrait aussi te juger lundi prochain ! La justice, ce n'est pas de la science, c'est un mystère. Des dossiers j'en ai vu, il faut me croire ! » Lundi prochain c'était Noël.

Il me donna des conseils pour l'audience ; ne pas parler fort, regarder le juge dans les yeux et promettre de ne jamais retenter la moindre bêtise. Et je m'habillerais en noir, pour montrer que j'avais tué le délinquant en moi. J'en étais à combien de versions de moi-même ? Je pouvais en trouver une autre. Maître Ensard parla ensuite de mon élocution correcte et de mes cheveux qui poussaient enfin. « Ça te différenciera, le juge ou la juge aura moins envie de te condamner. Ce sont des détails, mais crois-moi ils ont leur importance. » Les retrouver m'avait pourtant déçu. Bouclés et épais, je les trouvais moins bien que ceux des Blancs.

Si mon dossier était correct, sans mensonges aux policiers, je pouvais l'améliorer en réunissant des attestations de moralité, nécessaires et bienvenues. Et aussi m'inscrire à la journée d'appel de l'armée dont j'avais esquivé la convocation. « Moi la patrie, ce n'est pas mon sujet. Mais ça peut faire son effet... » En revanche, Maître Ensard se montra catégorique pour le contrat jeune majeur. « Surtout, ne l'évoque pas ! Si on t'interroge, tu diras que c'est une formidable opportunité. Je changerai de sujet ensuite.

— Il aura pas pitié de moi si je lui raconte ?

— Les apparences... Te savoir dans trois ans face à la vie, désemparé... Tu pourrais recommencer. C'est comme ça qu'ils réfléchissent. Crois-moi. »

On tient difficilement sans sortir. Que se passait-il ailleurs que dans ma chambre ? Pour la fête du nouvel an, j'avais négocié avec l'ASE, arguant que je travaillais bien mes matières, que je devais oublier le passé et me détendre pour préparer les échéances qui arriveraient. Je n'avais plus de crédit pour qu'on me croie. J'ai quand même promis.

La soirée du 31, je rencontrai mon voisin Landry, traînant seul, déjà au rhum-soda. Ça lui venait de la Martinique cette habitude. Il avait gentiment quinze ans.

Je lui proposai de rejoindre Chorba qui devait forcément avoir une belle soirée, tellement belle qu'il ne m'avait pas invité.

Mais en arrivant chez lui, personne ne répondait. Landry mit un gros chassé dans la porte. On entendait de la musique depuis les escaliers. En ouvrant, le colocataire me fit un grand sourire. Je le soupçonnais de cocaïne. Dans l'appartement, je voyais des têtes qui apparaissaient avant de disparaître dans un épais nuage de fumée. « Chorba ?

— Il a eu des problèmes au Sunred avant-hier. »

Bastien me parla d'un coup de bouteille asséné à un légionnaire ukrainien. C'est une fois qu'on croit les gens arrivés qu'on déchante.

On a rebu du rhum et on s'est dirigés vers Châtelet, là où la banlieue se déverse quand elle veut découvrir Paris, c'est-à-dire s'acheter des baskets et manger au fast-food. Rue de Rivoli, quelques groupes déguisés semblaient en plein égaiement. Le feu d'artifice des Champs-Élysées nous fit basculer dans la nouvelle année. On s'est dit bonne année avec Landry, pas plus. On n'avait rien à se souhaiter. La foule, elle, se gargarisait dans la joie, échangeant bises, sourires, câlins et tchin-tchin. La plus émue de la rue, je crois que c'était cette fille en perruque de clown qui parlait du beau futur à tous les fêtards en les regardant profondément. On aurait dit que l'année écoulée l'avait assassinée. J'attendais qu'elle vienne me voir, je voulais aussi espérer. Mais nous leur étions invisibles à tous ces gens. Après, on est rentrés chez nous. Rien n'avait changé.

Après le mois de janvier, on m'envoya des étudiants pour me faire réviser. Mais je stagnais et le bac s'éloignait.

Je pris donc l'initiative de contacter le professeur Perrinet. Il m'attendait sans sa compagne. Elle aurait pu adoucir le choc qu'il aurait à entendre ce que j'allais lui raconter. Pour ne pas y aller frontalement, j'essayai l'enthousiasme en lui demandant de me parler de ses voyages universitaires en Amérique. Comme il ne répondait pas, j'ai dû me lancer : « J'ai une bonne et une mauvaise nouvelle !

— Commence par la mauvaise, sans crier s'il te plaît. »

En chuchotant, j'ai tout dit. Mais il ne comprenait rien ou plutôt il semblait ne pas vouloir comprendre.

« Répète.

— J'ai été viré du lycée pour trafic de drogue ! »

Était-ce mon sourire ou la teneur de mon propos qui le rendit fou ? « Casse-toi de chez moi ! » commença-t-il. J'allais tenter une explication mais il était déterminé à me faire déguerpir de sa vindicte, trop puissante. « Je fais pas dans le délinquant ! » Le claquement de la porte valant son pesant de vérité, je n'eus d'autre choix que de battre en retraite et de redescendre avenue Gambetta. J'entendis quand même mon prénom crié dans le ciel. Puis ce fut mon téléphone qui s'agita. « Reviens ! » Bien que sa voix ne me parût pas plus aimable, j'y retournai. Il ne s'excusa pas, c'était un dur.

« Que s'est-il passé ? Et le bac ? Réveille-toi un peu ! »

Plutôt que de lui raconter, je choisis de lui demander de l'aide. Perdu dans son mutisme, il semblait ou me maudire ou réfléchir. Il partit à la cuisine et m'en rapporta un verre d'eau. Une vraie pince.

Calmé, il se mit à m'interroger sur mes perspectives. Évidemment je n'avais rien à lui répondre de satisfaisant. Nous étions d'accord sur l'urgence, je lui fis donc une proposition. « Vous avez qu'à me faire cours. »

Dire qu'il était enchanté serait mentir. Sans répondre, il alla à son balcon et regarda l'horizon.

« Ce n'est pas ma conception de l'enseignement, je ne suis pas précepteur. Le service public, ça te dit quelque chose ? »

Il m'expliqua la notion de précepteur et je me demandais s'il avait toute sa tête puisqu'il me comparait à des riches ou des princes.

« Je suis sans lycée, on va me juger, dans trois ans on m'abandonne. Si vous voulez, je vous présente ma mère pour voir à quel point je suis privilégié. Vous étiez moins méchant la fois où on s'est rencontrés, quand vous m'expliquiez que vous adoriez suivre les gens qui ont des problèmes !

— Retire ce que tu viens de dire ! Bon bref, allez on arrête. »

Il rêvait désormais de me casser la gueule.

« Excusez-moi, je voulais pas dire ça. Vous savez, ils vont dire oui à l'assistance. Et puis vous serez rémunéré, l'ASE me paie encore tout pour le moment.

— Et la bonne nouvelle ?

— Si j'avais redoublé pour aller en générale, j'aurais perdu un an de contrat, l'ASE m'aurait payé que deux ans. Heureusement je vous ai pas écouté… »

Nous convînmes de démarrer bientôt. Pour la logistique, les cours se passeraient chez lui, l'idée de venir en banlieue ne l'emballant pas. La mise en relation avec Madame Davert se passa bien, même si personne ne m'informa du montant que valaient mes révisions.

J'imaginais le professeur bien payé puisqu'il me concocta un programme effrayant. Trois fois par semaine, pendant cinq heures, pendant des mois, j'allai suer chez lui pour me remettre à niveau. Il savait tout, plus que tous mes professeurs réunis. Les notes que je recevais à mes examens blancs étaient catastrophiques. Pendant que je révisais, je l'entendais parfois pleurer dans sa chambre. Federica l'avait quitté.

Madame Khadija savait pour Chorba. Il lui écrivait depuis des mois. Elle ne lui répondait pas. Selon ses lettres, il était aux abois, sans moyens, sans amis, dans un bâtiment où des psychiatriques hurlaient toute la nuit. La gamelle qu'on lui servait le rendait malade et son codétenu l'avait frappé, à cause d'une cigarette fumée sans son autorisation. J'aurais aimé l'aider mais il fallait l'oublier.

Comme le jugement approchait, je suis allé voir ma mère pour récupérer l'attestation de son tuteur. Elle semblait nette depuis son voyage algérien où elle avait enfin vu sa fille, ma sœur. Elle me raconta le cabaret clandestin, leur petite danse et l'alcool léger à la menthe. Ensuite j'ai vu des photos de notre famille, rustique mais souriante, souvent allongée sur des canapés. « Ils te passent le bonjour, ils t'aiment. Ils m'ont beaucoup parlé de toi. » J'en ai gardé une, celle où elle posait avec son sac à l'entrée d'un pont, où tout le paysage était aride. Son pays lui allait bien, peut-être qu'elle aurait dû y rester. La France l'enfonçait toujours plus dans la misère, son propriétaire la menaçait de récupérer l'appartement. Je lui ai proposé de travailler. Après tout, les discounts de sa ville pouvaient l'embaucher. Elle pourrait avoir des collègues qui l'inviteraient à manger. Ma mère commencerait enfin sa vie, en même temps que moi. « J'ai pas envie de travailler, mon fils », me dit-elle, en souriant.

Madame Davert, je lui aurais bien donné une médaille pour son travail. Elle me présenta une travailleuse sociale, moitié psychologue, moitié conseillère d'orientation. On passait du temps à discuter, elle me montrait les fiches métier et les chemins universitaires pour devenir avocat. Ça prendrait du temps, bien plus que trois ans. J'ai aussi raconté mes angoisses. Elle comprenait parfaitement. « Ça va aller, j'en suis sûre », qu'elle me répétait. Parler comme ça, je ne l'avais jamais fait. Quand on vous écoute, l'envie de tout dire devient plus forte que tout. En abordant la question de mon jugement, j'ai pu enfin lui avouer que je n'avais jamais voulu ça, que c'était du théâtre, un théâtre qu'il fallait que je quitte. À chaque confession, son visage approuvait. « J'ai tué ma mère. » Même ça, elle l'aurait noté sans broncher, ni me dénoncer. Elle me fit une attestation.

Quand on a vu Fleury, le lycée Thiers et tant de cités pourries, on se croit à l'abri pour toujours des plus laides idées architecturales de l'homme. Je n'avais rien vu en fait. Même au printemps, le tribunal de Créteil ressemblait à un palais de la mort, celui de la justice impitoyable, tout gris, très haut ; un entrepôt logistique, une avant-prison. Ici, on divisait des familles et décimait des quartiers par équipes entières, arrachées de leur lit pour être présentées quelques jours plus tard à la barre du tribunal. On leur mettait alors une vraie peine ou un bon mandat de dépôt comme à Chorba, seul comme un rat, certainement avec eux dans sa cellule. D'ailleurs, il en sortirait quand ? Et dans quel état ?

J'arrivai en noir. Maître Ensard m'attendait à l'intérieur du palais, en robe, drôle d'habit, dont il n'arrêtait pas de remonter la manche. Ses confrères du hall des pas perdus faisaient pareil, même ceux qui n'avaient pas de montre au poignet.

Comme on avait du temps, il me fit visiter son métier. « On va passer une tête aux comparutions immédiates, ne fais pas de bruit. » Dès qu'on y entre, on est servi. On ne voit alors qu'une chose, les juges. Déterminés et studieux, ils sont trois. On arrivait à la fin d'un procès, une femme annonçait la sentence à l'accusé. Du fond de la salle, on pouvait voir les taches sur ses vêtements, presque les poux de ses cheveux. Les gendarmes à ses côtés restaient stoïques. Maître Ensard me chuchota qu'il arrivait forcément du dépôt, la prison du tribunal. Après une longue garde à vue, on emmène les malfrats dans ce sous-sol de crasse pour les préparer à quitter la société. Clochard ou pas, le type a pris deux ans. On ne saura jamais pourquoi. Ça allait vite les comparutions immédiates, sorte de jeu de massacre dont personne ne regretterait les participants. Dix autres attendaient. Ensuite, l'avocat voulut m'emmener dans une autre salle correctionnelle mais en ouvrant le sas, on entendit des cris. « C'est les familles gitanes qui pleurent. On arrive trop tard. La peine a dû être lourde, je connais et le juge et le procureur, de vrais épurateurs. Crois-moi. » Nous n'entrâmes pas non plus dans la cour d'assises. « C'est solennel, tous les acteurs sont concentrés. Une épreuve de plusieurs jours. On doit réfléchir à l'accusé, tout faire pour le sauver. Sa vie en dépend, celle des citoyens aussi. Pour nous c'est le summum. » Je n'en pouvais plus de ce tour du malheur, je voulais en finir, que la justice me fasse.

Nous étions désormais dans le bureau du juge Berlot. Les faits furent introduits, rapidement et avec exactitude. Puis toute ma vie, ça faisait bizarre de l'entendre. Mon avocat commenta ce récit. Le magistrat ne parut pas plus ému. « J'ai bien connu votre juge pour enfants, Monsieur Steinmetz. On a presque commencé ensemble. S'il savait. Depuis, vous avez mal tourné, n'est-ce pas ? Il était temps que ça s'arrête. Je vous avertis, ne récidivez jamais. Il vous en coûterait votre liberté », dit-il. J'évitai la prison. Il parla néanmoins de démarrer mon casier judiciaire. « Sachez que d'ordinaire je mets du sursis. Même la première fois, pour l'exemple et surtout pour la peur de récidiver. » Maître Ensard prit la parole pour convaincre le juge de ne pas pénaliser mon projet professionnel.

« J'aurais dû lire l'avenir plutôt que le passé. C'est cocasse de vouloir faire avocat dans votre situation. Vous ne trouvez pas ?

— Je veux faire du droit de la Banque. Ou la Bourse. Monsieur le juge Berlot, pardon j'ai oublié. J'aime aussi l'économie, Monsieur le juge Berlot.

— Dites Monsieur le juge, c'est suffisant. Comme vous êtes ambitieux, ce que je valorise, je me limiterai à une admonestation, ce n'est pas grand-chose, je vous laisse vierge de tout casier. Soyez donc sans crainte pour vos grands projets. Personne ne saura rien de vos débuts dans la vie des affaires, illégales j'entends. Bon courage pour la Bourse », dit-il en souriant.

Il n'y croyait pas, j'avais envie de le tuer.

On est sortis de là bien heureux avec l'avocat. Il me prodigua même des conseils pour la faculté.

« C'est étrange, tu n'as pas envie de défendre ceux que tu connais, ceux qui ont réellement besoin de toi ? Tu ne manquerais pas de clients. »

Pour ne pas vexer mon maître, il m'avait bien défendu, je n'ai pas dit qu'on est toujours mieux à parler affaires dans un taxi ou peut-être un avion qu'au tribunal. J'aurais pu lui dire également que je n'avais jamais rencontré d'innocent, que la police ne se trompait jamais et qu'on ne se faisait attraper que pour le dixième de nos actes.

Il me redonna sa carte pour que je la transmette. Un client d'allure coupable me succéda et je quittai à toute vitesse le Mordor de Créteil.

Ce fut dans mon dos qu'on prépara mon départ, que je n'avais pourtant jamais envisagé. J'allais quitter Khadija. Elle était d'ailleurs prévenue. « Tu me laisses seule, tu veux me faire du mal », me dit-elle. C'était beaucoup pour mes épaules. Jusqu'ici je n'avais jamais eu d'autre ambition que la mienne.

Un jour de mai, j'ai rejoint Madame Davert à Pereire, dans le nord-ouest de Paris. Notre RER m'y mena sans que je n'en bouge. Après Saint-Michel et les Invalides, le train remonta enfin au niveau de la Seine et du dehors. On avait eu des exposés sur ce fleuve en cours de français, j'avais écouté. Et par mes quelques incursions, peu nombreuses mais suffisantes, j'avais compris que les gens de Paris voient les choses différemment. La Seine, c'est leur trésor. Plus on la voit et mieux on se porte. Grâce à elle, les touristes viennent arroser la ville avec leurs devises. Ses ponts ont de vrais noms, ceux des grands Français ou de leurs batailles. Y a même des auteurs qui en ont fait des livres, pas qu'un seul. Le pont des Arts par exemple. On a plus écrit à son sujet que sur ma ville. Pourtant on a la Seine chez nous. Mais dès Ivry elle nous arrive trop large, donc on la voit pas belle ; marécage bordé d'usines qui ne veulent rien dire, comme leur fumée sans odeur, trop blanche pour être honnête. Nos berges, c'est pas fameux non plus, elles ne valent rien, à cause des chemins de fer et du RER. Et aussi les camionnettes rouillées jamais ramassées. Quant à notre pont, celui de Choisy, on l'aime pas, il est trop long, surtout le dimanche. Ce jour-là y a pas de bus, donc on marche, y a pas le choix. Mais on a tellement marché qu'on a eu le temps de vieillir.

À ma station, j'ai senti une grande joie, inédite. Pas celle des bagarres victorieuses ou de l'argent de la drogue, une joie gratuite ; la place Pereire. Elle tournait autour d'elle-même, avec des pavés, des jolies voitures et des restaurants-terrasses. On était jeudi. J'ai pris un boulevard, des arbres parfaitement plantés, en très bonne santé, le coupaient en deux. Sur ce boulevard, j'ai bien regardé, j'ai cherché un défaut, je n'ai rien trouvé. Ça m'intriguait, alors j'ai levé la tête et scruté les immeubles. Leurs balcons filaient, des corniches et des gargouilles sortaient de tel ou tel étage. J'ai aussi vu leurs pierres, d'une taille ! Tout ça dans la même région que Courseine.

Madame Davert m'attendait devant un immeuble, lui aussi très bien. Elle s'excusa de ne pas m'avoir accompagné au tribunal. Elle avait eu peur de ne jamais me revoir. « On oublie maintenant, viens. » Une dame nous accueillit à l'intérieur, dans un grand salon où deux étudiants, ils en avaient l'air, regardaient du tennis. On s'est mis au fond, dans une petite salle de réunion.

« Skander, dit Madame Davert, je te présente Anne qui

dirige la pension Marguerite-du-Poncet. Nous avions évoqué la possibilité de te loger à Paris pour tes études. Si tu le désires, on dépose un dossier et tu pourras y emménager avant ta rentrée. »

J'ai pas réalisé sur le coup, ça allait trop vite. J'ai dit : « Bonjour, Marguerite.

— Non moi c'est Anne, Marguerite du Poncet est la dame qui a légué l'immeuble à l'association que je dirige. Nous accueillons une moitié de lycéens ou d'étudiants venus de l'ASE, souvent des gens qui viennent d'Île-de-France. L'autre moitié est constituée de personnes ayant une situation familiale plus ordinaire. Eux viennent de province. Les appartements sont composés de quatre ou cinq chambres. Les filles et les garçons sont séparés bien sûr.

— Y a des filles ?

— Oui. »

On a commencé la visite. Dans l'appartement, on avait une cuisine, un frigo et une douche. Ça me semblait encore un peu trop beau, trop prometteur.

« Vous contrôlez le frigo ? On peut prendre combien de douches par semaine ?

— Si tu veux y passer la journée, tu peux, mais tu es là pour étudier. Donc une le matin, ça sera déjà bien. »

Les termes de ce miracle étaient simples, l'ASE payait et moi je n'aurais rien à faire, rien du tout. Sauf mes cours de la fac. Pour ça, il me fallait mon bac. Pour faire bonne figure et sécuriser ma place que je désirais désormais plus que tout, j'ai dit que j'avais rendez-vous chez le professeur Perrinet.

En guise de révision, je fis plutôt un apprentissage, porté par une euphorie continue. Je déambulai, happé par les mystérieux immeubles, quasiment le même partout. La ville était dense, sans terrain vague ou de sport, ni barres immondes. C'est par l'ouest qu'il fallait prendre Paris. Je constatai que ma future pension se situait à dix minutes de l'Arc de triomphe. Plutôt que de me farcir les Champs-Élysées, je descendis l'avenue Kléber qui me déposa à Passy. Ici, des hommes en costume et cravate parlaient beaucoup au téléphone, ils devaient faire des affaires. Alors j'ai sorti le mien, parlant tout seul : « Oui bien sûr, je vous envoie la facture demain. » Je m'annonçais. Sur mon chemin, j'ai également vu beaucoup de gens assis en terrasse. Ces Français ne ressemblaient pas à ceux de Courseine. Si on s'approchait de ceux de Gambetta, ceux-là étaient encore plus évolués. Peut-être plus à l'aise. Je n'osais pas regarder les femmes.

Je n'arrivais tellement pas à y croire qu'après ça je retournai quelques fois à Pereire, uniquement pour vérifier que la pension Marguerite-du-Poncet existait. Elle existait. Chaque fois que j'en rentrais, je voyais par la fenêtre ces villes-stations de banlieue, ces cafés de la gare sans femmes et ces maisons, collées les unes aux autres, avec leurs habitants qu'on voit rarement dehors, seulement en voiture ou à la boulangerie. Pourquoi Paris s'était-il arrêté en si bon chemin ? Il faudrait qu'on me le dise un jour.

Le professeur avait accepté de me garder au-delà de Pâques. On allait se quitter maintenant, ça suffisait. C'est ce qu'on m'avait appris à faire de mieux d'ailleurs. Quitter ces êtres, venus les uns après les autres pour m'élever ou me tarter la gueule. Le professeur ne m'avait fait que du bien. Du bien dans la souffrance et la dureté, caractère dont il était doté, certainement de nature, puisqu'il n'était pas malade ou pauvre.

Cependant, mon idée de Pereire, comme mon orientation dans le droit des affaires, ne lui plaisait pas. Comme l'avocat, il tentait de me convertir au droit pénal, en évoquant également une nouveauté : le droit social.

Le problème du professeur, c'était les riches, dont il tentait de me dégoûter à jamais. Il me sortit même le manifeste de Karl Marx, habilement inséré dans mon programme de révisions. Je dois dire qu'une phrase me fit réfléchir, celle qui exprimait un caractère majeur de la bourgeoisie. Apparemment, avant la Révolution, les hommes avaient des liens respectables entre eux ; depuis la primaire on m'avait pourtant appris l'exact inverse. Mais, selon Marx, la bourgeoisie « les a brisés sans pitié, pour ne laisser subsister d'autre lien, entre l'homme et l'homme, que le froid intérêt, les dures exigences du paiement au comptant ».

« Ils sont vraiment comme ça, les bourgeois ?

— Ils sont pires ! Tu as lu Balzac ?

— Je le ferai. »

Du peu que j'en avais vu à Paris, les bourgeois m'avaient pourtant l'air sympathiques. Peut-être que ceux d'avant l'étaient moins.

Partir c'est difficile, c'est mourir qui est plus simple. Vivant, je l'étais encore trop pour Courseine. On me remarquait à la gare, on voulait savoir d'où je venais. Alors j'ai raconté mes projets. D'abord, on me félicita. Non pour me souhaiter la belle vie ou la réussite, mais pour me proposer de vendre de la drogue à Paris. Ils essayaient d'être gentils, ils ne savaient pas faire. Mes « Je vais réfléchir » ne leur suffisaient pas ; ils devinaient que je mentais, probablement que je ne les avais jamais aimés. Pourtant, j'avais moisi à leurs côtés, jusqu'à vouloir leur ressembler.

Alors, ils m'ont pris par la tête et les cheveux, là où trônait le symbole de ma sécession. En voir autant les dérangeait. Samir, bourreau de toujours, tirait dessus, tentant le scalp à mains nues. J'ai dû lutter pour éviter qu'il n'y parvienne, en courant, comme une vulgaire merde, perdant toute crédibilité dans le Grand Quartier, de celle que je ne retrouverais pas et que je n'avais probablement jamais eue.

Je revis encore une dernière fois ce monde. Au cimetière. Julien appartenait au vrai passé. Il s'était lancé dans la cocaïne. S'étant fait arrêter par la police, il en mangea une grosse boulette afin qu'on ne la trouve pas. Le sachet s'était dissous en garde en vue. On racontait que la police l'avait tué. Personne ne savait si c'était vrai mais personne ne voulait savoir. Et tout le monde voulait tout casser ; la procédure en cas de mort dans les mains des policiers.

Après les sirènes et le verre brisé, j'ai vu les flammes. Le Grand Quartier brûlait comme peut-être seulement l'enfer brûle.

Julien se fit enterrer au cimetière de Champigny, mais pas le normal, le crématorium. Malgré notre influence, il avait tenu sa mécréance jusqu'au bout. C'est d'ailleurs pour cette raison que j'arrivai très en avance, pour esquiver la meute. Dans une mosquée j'aurais été en confiance mais dans cette salle, toute neuve, bizarre, sans Dieu, on pouvait bien s'occuper de moi. Je pris le bord du septième rang, loin du trou à feu, au cas où.

La mère demanda si quelqu'un voulait lui rendre hommage. Le père, on ne savait pas où il était. J'aurais aimé raconter Julien, tel que je l'avais connu, généreux, apporteur de tout un espoir. Mais je n'avais pas ce courage. Elle commença alors son discours dans un joli français, bien dit, sans larmes. Elle racontait combien elle aimait son fils. Puis elle a dit : « Il m'a toujours aidée… » On attendait la suite. Elle regarda la salle, le fond, là où les personnes du Grand Quartier, moins nombreuses qu'aux émeutes, tenaient le mur du crématorium. Elle devait le savoir, la mère, que son fils l'avait aidée avec son four à cannabis et aussi l'argent de la cocaïne. Je crois bien que c'est pour ça qu'elle n'alla pas plus loin. Rendre hommage à l'argent sale, c'est la limite. On ne fait pas ça. Elle a dit : « Merci », puis on a regardé le cercueil rouler de la plate-forme aux flammes. C'était Julien. Dehors, au milieu des tombes de pierre, oubliées, serrées et mal fleuries pour la plupart, je me suis retrouvé avec les familles. Certaines parlaient du vin d'honneur, ça allait boire. Des bruits se firent entendre, des blagues aussi. Toujours les mêmes, à propos de l'héritage de Julien, sa rente de stupéfiants. Après tout, l'affaire était belle. Le roi est mort, vive le roi…

J'ai cru halluciner ensuite. Je ne rêvais pas. Je voyais Juvénal, mais en double. Il faisait deux hommes, ressemblant à ceux qu'on voit à la salle, prisonniers de leur nouveau corps, obligés de gonfler chaque jour, perdus dans une cavalerie de fonte et de pompes. Drôle de projet de vie. Je lui demandai s'il prenait des protéines. « T'es fou. Ils sont tous comme ça à l'armée. C'est obligé, sinon ils te gardent pas. J'ai failli abandonner au début. Là-bas, on nous oblige à faire des exercices… Je savais même pas que ça existait. » Comme il voulait intégrer les corps d'élite, il s'attendait à pire. Mais au moins, on le considérait parmi les meilleurs et sa famille était enfin fière de lui. Et l'armée payait. Il me ramena à Courseine avec sa nouvelle voiture. Pendant qu'il conduisait, tactiquement, à l'affût de je ne sais quelle embuscade, Juvénal ne m'écoutait pas mais approuvait tous mes projets. Je basculai ensuite sur son terrain pour connaître l'armée et ses armes. Mais il ne lâchait rien, même pas le lieu de sa base militaire, tenu au secret-défense qu'il était. Devant chez lui, avant que je ne le laisse pour de bon, il m'avoua néanmoins une chose. « C'est Mohamed qui t'a donné aux condés. Ça fait longtemps que je le sais. Il me l'a dit lui-même. Il a pactisé avec la police. Ça existe. »

Le bac, je l'ai eu. Pourtant ce ne fut pas simple. Dès l'épreuve de philosophie, à peine assis, je sentis mon ventre se fissurer. « Le but de l'Histoire, est-ce seulement de lutter contre l'oubli ? » Ils m'ont mis 13 à ce sujet et j'ai fini aux rattrapages, pour le détail. J'ai pu prévenir tout le monde. Faut pas croire, mais référer de soi et de ses actes à tant de personnes physiques et morales finit par fatiguer.

J'avais seulement oublié Madame Khadija. Le jour du grand départ, j'ai récupéré mon passeport dans sa chambre, sans un mot, ni même un livret d'épargne. Huit ans qui finissaient ainsi. Mais à chaque pas, ralenti par mes deux valises, j'espérais trouver le courage d'enfin lui dire ; on avait dû s'aimer.

Mon dernier voyage, le plus beau, fut celui vers Paris. Je m'y sentais bien à Pereire, comme à la pension Marguerite-du-Poncet, porté par une ivresse perpétuelle. Encore seul dans l'appartement, je rêvais sous la douche.

C'est beaucoup de démarches de devenir un adulte. À la signature du contrat jeune majeur, pour convaincre l'ASE de son investissement, j'avais proposé une clause « Respecter la loi ». Ça ne serait pas de trop, Madame Baer l'accepta volontiers.

Peu après, j'ai investi l'Université, du côté d'Odéon, pour les préinscriptions. Les bacheliers grouillaient, beaucoup de filles, de garçons, de Français. Certains semblaient se connaître depuis toujours. On s'épiait tous. J'étais content d'avoir mes cheveux. En sortant du bâtiment, un quasi-musée, j'ai vu cette fille, plus âgée que nous. Il ne m'a pas fallu longtemps pour reconnaître Sara, mon animatrice du ski, encore plus belle. Elle serait bientôt avocate, comme elle l'avait prévu. J'ai voulu lui raconter des choses mais elle n'y tenait pas. « C'est fini tout ça, Skander. »

Et j'ai rejoint Madame Davert et ma mère pour notre déjeuner de victoire, à Saint-Michel. Elle savait se tenir, elle était heureuse. Quelque part on l'avait fait, dans la douleur et la peur, mais on m'avait sauvé. Madame Davert me confia un sac. Il contenait mon dossier de l'ASE ainsi que des photos. Elle nous invita puis j'ai marché avec ma mère. Elle m'a demandé : « Tu reviendras dormir chez moi ? » Au lieu de lui répondre, je lui ai confié mes archives.

Devant la grande fontaine, encerclée de librairies, je regardais la foule s'égayer des danseurs hip-hop, adroits et spectaculaires. Un monsieur est passé, un bourgeois ; on ne met pas longtemps à les reconnaître, ces gens-là. Il ne s'est pas arrêté. Au contraire, il a hâté le pas. Porté par son énergie, j'ai pris le boulevard du Palais, en passant par l'île de la Cité, puisqu'à Paris on trouve également des îles. J'ai dépassé le tribunal pour enfants sans le regarder. Je ne pensais pas à l'argent, j'étais content. On n'en aura jamais assez de toute façon. C'est comme l'amour. Il faut s'y faire.